AF373529
MARTINEZ.

Una partida de ajedrez

Stefan Zweig

Zweig, Stefan
Una partida de ajedrez / Stefan Zweig. - 2a ed. . -
Ciudad Autónoma de Buenos Aires : EGodot Argenti-
na, 2015. 104 p. ; 20 x 13 cm. - (Forasteros)
Traducción de: Ana Bello ISBN 978-987-3847-82-0
1. Literatura Alemana. I. Bello, Ana, trad. II. Título.
CDD 830

Una partida de ajedrez
Stefan Zweig

Corrección / Gimena Riveros
Traducción del inglés / Ana Bello
Diseño de tapa e interiores / Víctor Malumián

Foto de tapa
Thomas Farina | farinathomas@gmail.com
Alcatraz isolation cells

Ilustración de Stefan Zweig
Juan Pablo Martínez Spezza
arte.pablomartinez@gmail.com

Ediciones Godot
www.edicionesgodot.com.ar
info@edicionesgodot.com.ar
Facebook.com/EdicionesGodot
Twitter.com/EdicionesGodot
Instagram.com/EdicionesGodot
Buenos Aires, Argentina, 2015

Impreso en Multi Group S.R.L.
Av. Belgrano 520, Ciudad Autónoma de Buenos
Aires, Argentina, en Agosto 2017

Una partida de ajedrez

EL HABITUAL BULLICIO DE último momento reinaba en el gran buque de vapor que dejaría Nueva York a la medianoche con destino a Buenos Aires. Los visitantes que habían llegado desde el campo para despedir a sus amigos empujaban y se abrían paso entre la gente; los niños carteros, con sus boinas inclinadas hacia un lado, recorrían las tabernas gritando el nombre de distintas personas; las valijas y las flores eran llevadas a bordo; por las escaleras, subían y bajaban curiosos niños; mientras tanto, en la cubierta, la banda tocaba sin cesar. Yo estaba en la cubierta de paseo un poco alejado de todo ese alboroto, conversando con un conocido, cuando de pronto notamos dos o tres destellos cerca de nosotros. Al parecer, algunos reporteros estaban sacando fotografías y entrevistando a alguien famoso justo antes de que el barco zarpara. Mi compañero miró en esa dirección y sonrió. "¡Oh! Llevan un tipo raro a bordo. Ese es Czentovic", dijo. Y dado que, evidentemente, esa información no me sirvió de mucho, agregó: "Mirko Czentovic, el campeón mundial de ajedrez. Ha estado de gira por todo Estados Unidos; recorrió el país de este a oeste, participando en torneos, y ahora va hacia Argentina en busca de nuevos triunfos".

A decir verdad, yo recordaba el nombre del joven campeón mundial e incluso algunos detalles de su carrera meteórica. Pero mi compañero, un lector de periódicos más asiduo que yo, estaba en condiciones de agregar varias anécdotas.

Hacía cerca de un año, Czentovic había llegado repentinamente a ocupar un lugar en el *ranking* junto a los maestros más experimentados en el arte del ajedrez, hombres como Alekhine, Capablanca, Tartakower, Lasker y Bogoljubov. Desde la aparición del prodigio Reshevsky, de siete años, en el torneo de ajedrez de Nueva York, de 1922, que la incorporación de un completo desconocido a la gloriosa casta no despertaba tanto interés. De ninguna manera fueron las cualidades intelectuales de Czentovic lo que contribuyó a tan deslumbrante carrera. En poco tiempo, se filtró el secreto de que, en su vida privada, el gran maestro de ajedrez era incapaz de escribir una oración en el idioma que fuese sin cometer errores de ortografía y que, tal como señalara uno de sus resentidos colegas con furia burlona, "su ignorancia era universal en todas las áreas". Hijo de un humilde pescador de Eslavonia, cuya pequeña embarcación había sido destruida una noche por un buque a vapor que transportaba cereales, el niño, en ese entonces de doce años, había sido acogido en un acto de caridad por el sacerdote de su apartada aldea de origen después de la muerte de su padre. En su hogar, el buen sacerdote se esforzaba muchísimo por compensar lo que este niño taciturno, impasible y de frente ancha no lograba aprender en la escuela de la aldea.

Pero todos sus esfuerzos eran en vano. A pesar de que le enseñara las letras cien veces, Mirko seguía mirándolas fijo como algo desconocido, y su cerebro lerdo no podía comprender los temas de enseñanza más básicos. A los catorce años, todavía usaba los dedos para sumar, y leer un libro o un periódico significaba un esfuerzo sobrehumano para el adolescente. Sin embargo, no podía tildarse a Mirko de renuente o reacio. Con obediencia hacía lo que se le pedía: iba a buscar agua, cortaba leña, trabajaba en el campo, limpiaba la cocina; aunque con una lentitud desesperante, hacía cualquier labor que se le pidiera. Lo que más molestaba al sacerdote era la apatía total de este torpe muchacho. Mirko no hacía nada a menos que se le pidiera; nunca hacía preguntas; no jugaba con otros niños ni buscaba algo que hacer por sí solo sin que se lo indicaran expresamente. Apenas terminaba sus quehaceres domésticos, se sentaba impasible en la sala de estar con esa mirada vacía de las ovejas al pastar, sin prestar atención a lo que ocurriera a su alrededor. Todas las noches, mientras el sacerdote fumaba su larga pipa de campesino y jugaba las habituales tres partidas de ajedrez contra el policía de la aldea, el muchacho de cabellos claros se sentaba en silencio a su lado y, por la rendija de sus pesados párpados y con aparente indiferencia somnolienta, observaba el tablero a cuadros.

Una tarde de invierno, mientras los dos jugadores se encontraban sumergidos en su partida diaria, comenzó a escucharse en las calles de la aldea, cada vez más cerca, el sonido de los pequeños cascabeles de un trineo. Un campesino, con la boina cubierta de nieve, irrumpió a gran velocidad: su anciana madre estaba agonizando; ¿podría el sacerdote ir rápidamente a darle la extremaunción antes de que ella muriera? Sin dudarlo siquiera un instante, el sacerdote siguió al campesino. El policía, que aún no había terminado su vaso de cerveza, encendió otra pipa para dar por cerrada la noche. Estaba a punto de calzarse sus pesadas botas cuando notó que Mirko miraba de manera fija e inamovible el tablero de ajedrez y la partida inconclusa.

"¿Te gustaría terminarla?", bromeó, convencido de que el muchacho adormilado no tendría la menor idea de cómo mover correctamente ninguna de las piezas en el tablero. Pero el muchacho levantó la vista con timidez, asintió y se sentó en la silla del sacerdote. Catorce movimientos después había vencido al policía, y lo que es más, este tuvo que admitir que su derrota no podía atribuirse a un descuido involuntario. La segunda partida tuvo el mismo resultado.

"¡Como el asno de Balaam!", exclamó el sacerdote con gran sorpresa al regresar y explicó al policía, cuyo conocimiento de la Biblia era más acotado que el suyo, que un milagro similar había ocurrido hacía dos mil años, cuando una criatura muda de pronto habló con la voz de la sabiduría.

A pesar de lo tarde que era, el sacerdote no pudo contenerse y retó a su pupilo semianalfabeto a un duelo. Mirko también le ganó con total facilidad. Jugó lenta, imperturbable y tenazmente, sin siquiera levantar una vez su cabeza de frente ancha del tablero. Jugó con una seguridad innegable. Los días que siguieron, ni el sacerdote ni el policía lograron ganarle una partida. El sacerdote, que podía evaluar mejor que nadie el retraso de su pupilo en todos los demás aspectos, estaba interesado genuinamente en saber hasta dónde podía llegar ese particular y único talento.

Luego de llevar a Mirko al peluquero de la aldea para que este le cortara su cabello rubio, desalineado y reseco y lo hiciera ver un poco más presentable, el sacerdote lo llevó en su trineo a un pequeño pueblo vecino. Sabía que allí un club de aficionados al ajedrez se reunía en el café de la plaza principal y estaba seguro, por experiencia propia, de que Mirko no tenía posibilidad alguna de ganarles. No fue poco el asombro de los asiduos aficionados cuando vieron que el sacerdote hacía entrar en el café, a los empujones, al rubio quinceañero de mejillas rojas, que llevaba un gamulán puesto al revés y unas pesadas botas. El niño se quedó en un rincón, desgarbado, con la mirada baja y tímida, hasta que lo llamaron a una de las mesas de ajedrez. Perdió la primera partida porque nunca había visto al buen sacerdote hacer la defensa siciliana. La segunda partida, contra el mejor jugador del club, terminó empatada. A partir de la tercera y la cuarta partida, Mirko les ganó a todos, uno por uno.

Dado que rara vez ocurren cosas interesantes en un pequeño pueblo provinciano del sur de Eslavonia, la primera aparición de este campeón rústico enseguida causó furor entre los notables allí reunidos. Por decisión unánime, acordaron que, sin importar los costos, el niño prodigio debía quedarse en el pueblo hasta el día siguiente, así podrían convocar a los demás miembros del club de ajedrez y, sobre todo, informar en su castillo al viejo conde Simczic, un fanático del ajedrez. El sacerdote, que ahora contemplaba a su pupilo con flamante orgullo pero que, a pesar de estar encantado con el descubrimiento, no quería faltar a sus obligaciones de oficiar el servicio del domingo, no dudó en dejar a Mirko en el pueblo para que fuera sometido a más pruebas. El joven Czentovic se hospedó en el hotel a expensas del club de ajedrez y esa noche vio por primera vez en su vida un cuarto de baño.

El domingo por la tarde, la sala de ajedrez estaba repleta de gente. Mirko, sentado perfectamente inmóvil frente al tablero durante cuatro horas, venció uno tras otro a todos sus oponentes, sin decir una palabra o siquiera levantar la mirada. Finalmente, sugirieron que jugara simultáneas. Les llevó un largo rato lograr que el indocto muchacho entendiera que en las simultáneas debía jugar contra varios jugadores al mismo tiempo. Sin embargo, una vez que Mirko entendió la idea, enseguida se dio a la tarea: se movió lentamente con sus botas pesadas y ruidosas de mesa en mesa y terminó ganando siete de las ocho partidas.

Entonces, comenzó un serio debate. A pesar de que, en un sentido estricto, este nuevo campeón no pertenecía al pueblo, todos rebosaban de orgullo. Quizás ese pequeño lugar, que hasta entonces casi nadie advertía en el mapa, podría tener el honor de que, por primera vez, uno de sus habitantes se convirtiera en una celebridad. Un agente de apellido Koller, cuyo trabajo habitual era simplemente contratar cantantes para el cabaret del destacamento militar, se ofreció, siempre que hubiera fondos disponibles para cubrir los gastos de un año, a ocuparse de que el muchacho recibiera una capacitación profesional en el arte del ajedrez por parte de un excelente maestro que él conocía en Viena. El conde Simczic, que en sesenta años de jugar ajedrez a diario jamás había enfrentado a un oponente tan extraordinario, se comprometió de inmediato a pagar la suma necesaria. Ese fue el día en que se inició la asombrosa carrera del hijo del pescador.

En seis meses, Mirko había logrado dominar todos los misterios técnicos del ajedrez, aunque con una curiosa particularidad que más tarde con frecuencia sería motivo de comentarios y burlas en los círculos de ajedrecistas. Czentovic jamás logró jugar ni una sola partida de ajedrez de memoria, o a ciegas, como se dice en la jerga. Carecía por completo de la capacidad de visualizar el campo de batalla en el ilimitado espacio de la imaginación y necesitaba tener siempre a la vista, en forma tangible, el tablero blanco y negro de sesenta y cuatro casillas y las treinta y dos piezas. Incluso en el auge de su fama mundial, siempre llevaba a todos lados un ajedrez plegable de bolsillo para poder reproducir las distintas posiciones ante sus ojos cuando quería reconstruir una partida de campeonato o resolver un problema. Este defecto, insignificante de por sí, demostraba una carencia de poder de imaginación muy comentado en los círculos más íntimos del ajedrez, como si, en un contexto musical, un reconocido virtuoso o director de orquesta fuese incapaz de interpretar o dirigir una obra sin tener una partitura a la vista. De cualquier manera, esta curiosa particularidad no retrasó en lo más mínimo su espectacular ascenso. A sus diecisiete años ya había ganado una docena de premios de ajedrez; a los dieciocho ganó el campeonato de Hungría; y a los veinte, por fin logró ganar el campeonato mundial. Incluso los campeones más audaces, cada uno inconmensurablemente superior a Mirko en sus capacidades intelectuales, su imaginación y determinación, cayeron presa de su lógica fría y tenaz, tal como Napoleón fue vencido por el ponderoso Kutúzov o Aníbal por Fabio Cunctator, quien, según Livio, también había mostrado llamativos signos de apatía e imbecilidad durante su niñez.

Y así fue que la ilustre galería de grandes maestros del ajedrez, que entre sus filas reúne todo tipo de superioridad intelectual –filósofos, matemáticos, individuos con una naturaleza calculadora, imaginativa y con frecuencia creativa– se vio invadida por primera vez por un hombre completamente ajeno al mundo intelectual, un joven rústico, taciturno e imperturbable, a quien ni siquiera los periodistas más avezados lograron sacar una sola palabra que pudiera usarse con fines publicitarios. Lo cierto es que esas declaraciones agudas que Czentovic negó a la prensa pronto fueron ampliamente compensadas por anécdotas sobre su persona. Porque en cuanto se alejaba del tablero de ajedrez, donde era un maestro sin igual, se convertía en una figura totalmente grotesca, casi cómica. A pesar del solemne traje negro, la ostentosa corbata y el alfiler con una perla bastante llamativa, y unas manos muy cuidadas, en su comportamiento y sus modales seguía siendo el mismo campesino torpe que barría la sala de estar del sacerdote en la aldea. Para el entretenimiento y la indignación de sus colegas, Mirko buscaba con torpeza y sin pudor alguno hacer la mayor cantidad posible de dinero con su talento y su fama, lo cual dejaba ver una avaricia mezquina y hasta ordinaria a veces. Viajaba de ciudad en ciudad, hospedándose siempre en los hoteles más económicos; jugaba en los clubes más míseros, siempre y cuando le pagaran sus honorarios; prestaba su imagen para anuncios de jabón; y, sin importar las burlas de sus oponentes, que sabían perfectamente que él era incapaz de escribir tres oraciones en forma correcta, incluso prestó su nombre para un "tratado de ajedrez", escrito en realidad por un desconocido estudiante de Galicia para su editor, un astuto hombre de negocios. Como todo ser así de obstinado, carecía por completo del sentido del ridículo. Desde que había ganado el campeonato mundial, se consideraba a sí mismo el hombre más importante del mundo y la mera idea de haber vencido a todos esos hombres inteligentes e intelectuales, oradores deslumbrantes y escritores especializados, y sobre todo el hecho concreto de ganar más dinero que ellos transformaron su inseguridad original en una fría soberbia con frecuencia pretenciosa.

"¿Pero cómo no le va a cambiar esa cabeza hueca tan repentino salto a la fama?", concluyó mi compañero, después de contarme algunos de los ejemplos típicos de la infantil insolencia de Czentovic. "¿Cómo podría un campesino del Banato, de veintiún años, evitar infectarse de vanidad cuando de un momento a otro, solo por mover piezas de ajedrez en un tablero de madera durante un rato, gana más dinero en una semana que lo que gana toda su aldea en un año por cortar leña y trabajar como esclavos? ¿Y acaso no es terriblemente fácil considerarse un gran hombre cuando no se está agobiado por la noción de que alguna vez existieron hombres como Rembrandt, Beethoven, Dante y Napoleón? Con una visión así de limitada, el sujeto solo sabe una cosa: que no ha perdido ni una sola partida de ajedrez en meses. Entonces, como no tiene idea de que además del ajedrez y el dinero hay otras cosas importantes en el mundo, le sobran razones para estar orgulloso de sí mismo".

Los comentarios de mi compañero despertaron mi más viva curiosidad. Siempre me han interesado los monomaníacos obsesionados con una sola idea porque cuanto más se restringe un individuo, en realidad más cerca está este del infinito. Personajes como este, aparentemente alejados de la realidad, son como termitas que usan su propio material para construir una extraordinaria y única versión del mundo en pequeña escala. Por eso, no oculté mis intenciones de observar más de cerca a este extraño espécimen de mente monotemática durante los doce días de viaje hasta Río.

Sin embargo, mi compañero me advirtió: "No creo que lo logre. Por lo que sé, hasta ahora nadie ha logrado sacarle ni el más mínimo material de análisis psicológico a Czentovic. Al margen de sus severas limitaciones, es un campesino artero y lo suficientemente astuto para no ponerse en evidencia, lo cual consigue evitando toda conversación que no sea con otros campesinos de similar procedencia, cuya compañía busca en pequeñas posadas. Cuando cree estar en presencia de una persona educada, se encierra en su caparazón. He aquí por qué nadie puede jactarse de haberlo oído decir algo estúpido alguna vez o de haber evaluado las profundidades, en apariencia insondables, de su ignorancia".

Mi compañero resultó estar en lo cierto. Durante los primeros días del viaje, me fue absolutamente imposible acercarme a Czentovic sin ser inoportuno, algo que, al fin y al cabo, no es mi estilo. A veces, él caminaba por la cubierta de paseo, pero siempre con las manos detrás de la espalda con una actitud de ensimismamiento orgulloso, como Napoleón en su famoso retrato. Además, sus paseos peripatéticos por la cubierta eran tan rápidos e imprevistos que, para alcanzarlo y hablar con él, habría tenido que correrlo. Jamás apareció por ninguna de las cantinas, el bar ni el salón para fumadores. Según me confió el camarero, Czentovic pasaba la mayor parte del día en su camarote, practicando o repasando partidas de ajedrez en un gran tablero.

Después de tres días, realmente comenzó a irritarme que su tenaz técnica defensiva estuviera dando mejores resultados que mis intentos de acercarme a él. Nunca antes había tenido la oportunidad de conocer en persona a un gran maestro de ajedrez, y cuanto más me esforzaba por vislumbrar la naturaleza de este hombre, más me costaba imaginar una forma de actividad cerebral que girara exclusivamente en torno a un tablero de sesenta y cuatro casillas blancas y negras durante toda una vida. Conocía, por experiencia propia, la misteriosa atracción del "juego real", el único juego creado por el hombre que supera con grandeza la tiranía del azar y que otorga sus laureles de vencedor solo a la mente o, antes bien, a un tipo de talento mental. ¿Pero no somos culpables de una denigración repudiable al considerar al ajedrez un "juego"? ¿Acaso no es también una ciencia y un arte, algo suspendido entre esas dos categorías, así como el ataúd de Mahoma se encuentra suspendido entre el cielo y la tierra? ¿No es una conexión única entre pares de opuestos (antiquísimo pero eternamente nuevo; con una estructura mecánica pero eficaz solo por obra de la fantasía; limitado a un espacio geométrico fijo pero ilimitado en sus combinaciones; en constante producción pero estéril; un pensamiento que no conduce a nada; matemáticas que no calculan nada; un arte sin obras de arte; una arquitectura sin sustancia), que sin embargo ha demostrado ser más duradera en su esencia y existencia que todos los demás libros y obras de arte? ¿No es acaso el único juego que pertenece a todas las naciones y todas las épocas, aunque nadie sepa qué dios lo trajo a la tierra para combatir el aburrimiento, agudizar los sentidos y expandir la mente? ¿Dónde comienza? ¿Dónde termina? Cualquier niño puede aprender las reglas básicas del ajedrez y cualquier inepto puede probar su suerte. Sin embargo, en ese inmutable y pequeño cuadrado, puede crear una especie de maestros particular e incomparable, de individuos con un talento exclusivo para el ajedrez, genios en su campo específico que combinan su visión, su paciencia y su técnica al igual que los matemáticos, los poetas y los músicos, pero en diferentes estratificaciones y combinaciones.

En épocas pasadas de pasión por la fisonomía, un médico como Gall tal vez hubiese realizado una disección del cerebro de un campeón de ajedrez para averiguar si en la materia gris de estos genios hay alguna sinuosidad particular, una especie de músculo del ajedrez o una protuberancia ajedrecística, más desarrollada que en el cráneo de los demás mortales. Qué intrigado que hubiese estado dicho fisónomo con el caso de Czentovic, en el que ese genio específico apareció en medio de un marco de absoluto letargo intelectual, como una veta de oro en una tonelada de roca común y corriente. En principio, siempre pensé que un juego tan brillante y único debía crear sus propios maestros; pero qué difícil e incluso imposible es imaginarse la vida de un ser humano intelectualmente activo para quien el mundo se reduce por completo al estrecho tráfico unilateral entre blanco y negro, que busca los triunfos de su vida en un mero movimiento de treinta y dos piezas de ajedrez de un lado al otro, de adelante hacia atrás; alguien para quien una nueva apertura, cómo mover el caballo en lugar del peón, ya es toda una hazaña y cuyo pequeño trozo de inmortalidad se esconde en un libro sobre ajedrez: un ser humano, un individuo intelectual que siempre dedica la energía de su mente a la ridícula tarea de arrinconar un rey de madera en un tablero de madera… ¡y lo hace sin volverse loco!

Y ahora, por primera vez, uno de esos fenómenos, uno de esos genios extraordinarios o locos enigmáticos, se encontraba físicamente muy cerca de mí, en el mismo barco, a seis camarotes de distancia, y yo, desafortunado como siempre, con mi curiosidad por los temas intelectuales que siempre termina por convertirse en una especie de pasión, no podía acercarme a él. Comencé a pensar las tretas más ridículas: por ejemplo, pensé en hacerme pasar por un periodista que quería entrevistarlo para un periódico importante para despertar su vanidad y también en proponerle organizar un torneo lucrativo en Escocia para apelar a su codicia. Pero al final recordé que el método más eficaz de los cazadores deportivos para atraer a los urogallos consiste en imitar su grito de apareamiento. ¿Qué mejor para llamar la atención de un campeón de ajedrez que jugar ajedrez?

Es cierto que nunca he sido un ajedrecista serio, por la simple razón de que siempre lo consideré un pasatiempo, puro entretenimiento. Si le dedico una hora, no lo hago para esforzarme sino, por el contrario, para relajarme del estrés intelectual. Literalmente "juego" al ajedrez, mientras que otros, los verdaderos ajedrecistas, "trabajan" en él. Sin embargo, en el ajedrez, al igual que en el amor, hay que tener pareja, y yo aún no sabía si había otros aficionados al ajedrez a bordo, además de nosotros dos. Con la esperanza de atraer a algún posible compañero, armé una trampa básica en el salón para fumadores, actuando de señuelo y sentándome a jugar con mi esposa, a pesar de que ella sea peor jugadora que yo. Y, en efecto, antes del sexto movimiento, alguien que pasaba se detuvo, otro hombre preguntó si podía observar y al fin apareció ese compañero que estaba esperando. Se llamaba McConnor y era escocés, un ingeniero civil que, según oí, había amasado una gran fortuna realizando perforaciones petroleras en California. Físicamente, era un hombre robusto de pómulos angulosos y pronunciados, dientes fuertes y tez acentuada, con un vivo tono rojo debido, al menos en parte, a su abundante consumo de whisky. Por desgracia, sus impresionantes hombros anchos, dotados de un vigor casi atlético, evidenciaban su carácter incluso en el juego, dado que el señor McConnor era uno de esos hombres obsesionados con el éxito personal que sienten que el fracaso, incluso en el juego menos demandante, desvaloriza su imagen. Acostumbrado a salirse con la suya sin consideración alguna por los demás, y consentido por su éxito tan concreto, este hombre descomunal, artífice de su propio éxito, estaba tan convencido de su superioridad que tomaba como un ataque cualquier oposición; la consideraba un antagonismo impropio, casi un insulto a su persona. Cuando perdió la primera partida, lo invadió el malhumor y comenzó a explicar, con detalle y en un tono autoritario, que eso solo podía ser resultado de un descuido pasajero. Al final de la tercera partida, culpó de su fracaso al ruido que venía del bar de al lado. Además, nunca perdía una partida sin pedir de inmediato la revancha. Al principio, esta determinación ambiciosa me divertía; al final, la tomé tan solo como el inevitable efecto secundario de mi objetivo de captar la atención del campeón mundial a nuestra mesa.

Al tercer día, mi plan funcionó, aunque solo en parte. No sé si Czentovic nos vio jugar desde la cubierta de paseo a través del ojo de buey o si fue mera casualidad que nos honrara con su presencia en el salón para fumadores, pero en todo caso, en cuanto nos vio, a un par de aficionados, practicando su arte, se acercó instintivamente un paso más y, desde esa distancia calculada, lanzó una mirada crítica hacia nuestro tablero. Era el turno de McConnor y su jugada fue suficiente para que Czentovic se diera cuenta de que dedicar su atención a nuestros esfuerzos aficionados sería una completa pérdida de tiempo. Con la misma naturalidad con que los detectives menospreciamos las novelas policíacas de mala calidad que nos ofrecen en las librerías sin siquiera hojearlas, Czentovic se alejó de nuestra mesa y dejó el salón. "Fuimos evaluados pero no alcanzamos el nivel", me dije, un poco irritado por su mirada despectiva e indiferente, y, para descargar de alguna manera mi fastidio, volteé hacia McConnor y le dije:

—Al parecer, su jugada no impresionó al campeón.

—¿Qué campeón?

Le expliqué que aquel caballero que había pasado hacía instantes a nuestro lado con mirada de desaprobación era Czentovic, el campeón mundial de ajedrez y agregué:

—Bueno, sobreviviremos y superaremos su ilustre desprecio sin que nos rompa el corazón. Debemos aceptar nuestras limitaciones.

Para mi sorpresa, esa información casual tuvo un efecto completamente inesperado en

McConnor. De inmediato, se entusiasmó y se olvidó de nuestra partida; casi podían oírse los latidos de su corazón ambicioso. Confesó no tener idea de que Czentovic se encontraba a bordo. Sin lugar a dudas, Czentovic tenía que jugar con él. Nunca en su vida había jugado con un campeón, excepto una vez en unas simultáneas con otras cuarenta personas, e incluso eso había sido extremadamente fascinante y casi había ganado. ¿Conocía yo al campeón en persona? Contesté que no. ¿Podía hablar con él y pedirle que jugara con nosotros? Me rehusé, aduciendo que para mí Czentovic no estaba muy abierto a conocer gente nueva. De todos modos, ¿qué atractivo podía tener para un campeón mundial enfrentarse a jugadores de poca monta como nosotros?

Debí haber evitado hacer ese comentario sobre jugadores de poca monta a un hombre tan orgulloso como McConnor. Disgustado, se reclinó en su asiento y con un tono brusco dijo que no podía creer que Czentovic rechazara la cortés invitación de un caballero; él mismo se encargaría de eso. Tal como me lo pidió, le di una breve descripción de la personalidad del campeón mundial y enseguida, abandonando nuestra partida y con una impaciencia descontrolada, McConnor fue a la cubierta de paseo a buscar a Czentovic. Una vez más, sentí que no había forma de retener al dueño de esa espalda tan ancha cuando ya se había lanzado a la aventura.

Esperé bastante intrigado. Luego de diez minutos, McConnor volvió, no de muy buen humor al parecer.

—¿Y? —pregunté.

—Tenía usted razón —dijo, bastante disgustado—. No es un caballero muy agradable. Me presenté. Le dije quién era y ni siquiera me dio la mano. Intenté decirle cuán orgullosos y honrados nos sentiríamos todos a bordo si él jugara simultáneas con nosotros, pero ni se inmutó. Dijo que lo sentía, pero que tenía obligaciones contractuales con sus representantes y que estos le habían prohibido expresamente jugar sin cobrar honorarios durante una gira. La tarifa mínima era doscientos cincuenta dólares por partida.

Me eché a reír y le dije:

—Jamás me hubiese imaginado que mover piezas de ajedrez en un tablero podría ser un negocio tan lucrativo. Espero que usted se haya despedido con la misma cortesía con que se presentó. Pero McConnor permaneció totalmente serio.

—La partida es mañana a la tarde, a las tres, aquí en el salón para fumadores. Espero que no nos destroce con demasiada facilidad.

—¿Qué? ¿Accedió a pagarle doscientos cincuenta dólares? —grité consternado.

—¿Por qué no? *C'est son métier.* Si tuviese dolor de muela y de casualidad hubiera un dentista entre los pasajeros, no le pediría que me sacara la muela gratis. Está muy bien que el hombre establezca un monto importante. Los verdaderos expertos de cualquier área son también buenos hombres de negocios. En lo que a mí respecta, cuanto más claras sean las cuentas, mejor. Prefiero pagar en efectivo a deberle un favor a un hombre como el señor Czentovic y tener que agradecerle. Después de todo, he perdido más de doscientos cincuenta dólares en el club sin pagarle a un campeón mundial. No es deshonra para jugadores "de poca monta" perder contra personas como Czentovic.

Fue divertido ver cuán profundamente había herido el amor propio de McConnor con mi inocente comentario sobre los jugadores "de poca monta". Pero dado que él estaba decidido a pagar por ese costoso momento de entretenimiento, yo no tenía nada que decir sobre su inapropiada ambición, que en última instancia me permitiría conocer al peculiar Czentovic. Nos apresuramos a informar sobre el evento que se aproximaba a los cuatro o cinco caballeros que habían proclamado ser ajedrecistas y, para no ser molestados por la gente que pasara por allí, no solo reservamos nuestra mesa para la tan esperada partida sino también la de al lado.

Al día siguiente, todos los miembros de nuestro pequeño grupo se presentaron a la hora acordada. Por supuesto, fue McConnor quien ocupó el lugar en el centro de la mesa, justo frente al campeón, y para calmar sus nervios encendía un cigarro tras otro y no dejaba de mirar la hora una y otra vez. Pero el campeón mundial —tal como yo había imaginado a partir de lo que mi compañero me había contado— nos hizo esperarlo unos diez minutos, lo cual intensificó el impacto de su aparición. Se acercó a la mesa con calma. Sin presentarse, con cierta actitud descortés que parecía decir "Ustedes saben quién soy y a mí no me importa quiénes son ustedes", comenzó a realizar los arreglos prácticos con tajante profesionalismo. Como no había suficientes tableros de ajedrez disponibles a bordo para las simultáneas, Czentovic sugirió que todos nosotros jugáramos juntos contra él. Luego de cada movimiento, se iría a otra mesa en el extremo del salón para no perturbar nuestras deliberaciones. Tan pronto como hubiéramos hecho nuestro movimiento, y dado que lamentablemente no había una pequeña campana disponible en la mesa, debíamos golpear suavemente una copa con una cuchara. Sugirió un máximo de diez minutos para decidir cada jugada, a menos que prefiriésemos otro arreglo. Por supuesto que aceptamos todas sus sugerencias como tímidos niños de escuela primaria. En el sorteo por el color, Czentovic obtuvo las negras. Hizo su primer movimiento sin siquiera sentarse e inmediatamente después se fue a esperar en el lugar que había elegido. Allí, se reclinó en el asiento con indiferencia y comenzó a hojear una revista ilustrada.

No tiene mucho sentido describir la partida. Por supuesto, el resultado, como era de esperarse, fue nuestra completa derrota en el vigesimocuarto movimiento. En realidad, no había nada sorprendente en la capacidad de un campeón mundial de ajedrez de arrasar con media docena de jugadores promedio o por debajo de la media con una mano atada en la espalda. Lo que realmente nos deprimió a todos fue la manera evidente en que Czentovic nos dejó bien en claro que nos estaba derrotando con una mano atada en la espalda. En ningún momento hizo más que echar lo que parecía un vistazo fugaz al tablero, ignorándonos y tratándonos con cierta indiferencia como si fuéramos figuras inanimadas de madera; su actitud insolente nos recordaba instintivamente la forma en que arrojaríamos un trozo de comida a un perro sarnoso, casi sin mirar. "Con un poco de sensibilidad –pensé–, el campeón podría habernos marcado nuestros errores o animado con alguna palabra de aliento". Sin embargo, una vez terminada la partida, ese autómata inhumano del ajedrez no dijo nada más después de "Jaque mate". Solo esperó inmóvil junto a la mesa para ver si queríamos jugar otra partida. Yo ya estaba de pie, vulnerable como siempre que uno presencia semejante descortesía insolente, listo para indicar con un gesto que, al menos por mi parte, el honor de su compañía había llegado a su fin cuando, para mi fastidio, McConnor, quien estaba a mi lado, dijo con voz ronca:

—¡Quiero la revancha!

Me preocupó bastante el tono desafiante de McConnor; de hecho, en ese momento parecía más un boxeador a punto de lanzarse a la yugular de un contrincante que un caballero en una reunión social civilizada. Ya sea por el modo desagradable en que Czentovic nos había tratado, ya sea solo por su sensible orgullo patológico, McConnor parecía un hombre completamente diferente. Con el rostro enrojecido hasta la línea del cabello y las fosas nasales dilatadas por la presión interna, sudaba visiblemente y una línea profunda iba desde sus labios apretados hasta la punta del mentón. Con desasosiego, observé en sus ojos ese brillo de la pasión descontrolada que suele apoderarse de los jugadores de ruleta cuando, después de estar apostando sin cesar, doblando sus apuestas, por sexta o séptima vez el color elegido no sale. En ese momento, entendí que, aunque le costara toda su fortuna, este hombre fanático y ambicioso jugaría una y otra vez contra Czentovic, solo o con alguien más, hasta haberle ganado al menos una partida. Si Czentovic entraba en esa dinámica, podía encontrar en McConnor una mina de oro y extraer varios miles de dólares antes de llegar a Buenos Aires.

Czentovic seguía impasible.

—Por supuesto —respondió amablemente—. Caballeros, esta vez ustedes jugarán con las negras.

La segunda partida tuvo el mismo resultado que la primera, aunque esa vez varios espectadores curiosos se habían sumado a nuestro círculo y lo habían hecho no solo más grande sino también más animado. McConnor miraba fijamente el tablero con mucha intensidad, como queriendo magnetizar las piezas con su voluntad de ganar. Noté que él hubiese entregado con gusto mil dólares por el placer de gritar "¡Jaque mate!" a su insensible y frío oponente. Curiosamente, algo de la intensa y emocionante determinación de McConnor se nos contagió en forma inconsciente. Deliberábamos cada movimiento con mucha más pasión que antes. Uno de nosotros retenía al resto hasta que, a último momento, nos poníamos de acuerdo para dar la señal que traería a Czentovic de vuelta a la mesa. De a poco, llegamos al movimiento treinta y siete y, para nuestro asombro, nos encontrábamos en una posición que parecía sorprendentemente favorable. Habíamos logrado llevar el peón de la fila c a la penúltima casilla, c2; solo debíamos moverlo a c1 para coronarlo. En realidad, no nos sentíamos particularmente cómodos con esa ventaja tan evidente; todos sospechábamos que se trataba de una ventaja lanzada intencionalmente como carnada por Czentovic, cuya perspectiva de la situación era mucho más amplia que la nuestra. Pero, a pesar de los intensos análisis y debates, no logramos descubrir su maniobra secreta. Finalmente, como se terminaba el tiempo acordado para cada movimiento, decidimos arriesgarnos con nuestra jugada. McConnor ya había extendido el brazo para mover el peón a la última casilla cuando sintió que alguien lo sujetó bruscamente y le susurró con urgencia y discreción:

—¡Por el amor de Dios, no lo haga! — Instintivamente todos volteamos. Era un hombre de unos cuarenta y cinco años, cuyo rostro delgado y angular yo recordaba haber visto antes en la cubierta de paseo por su extraña palidez casi blanquecina, que debió haberse unido al grupo en los últimos minutos mientras teníamos toda nuestra atención puesta en el problema. Al sentir nuestra mirada sobre él, rápidamente agregó—: Si coronan ahora, Czentovic capturará la dama de inmediato con el alfil en c1 y ustedes tomarán el alfil con el caballo. Pero mientras tanto, él moverá su peón pasado a d7, donde amenazará la torre, e incluso aunque den jaque con el caballo, en nueve o diez movimientos estarán perdidos. Es casi la misma combinación de movimientos que usó Alekhine contra Bogoljubov en el gran campeonato de Piestany en 1922.

Asombrado, McConnor soltó la pieza y, no menos sorprendido que el resto de nosotros, miró fijo al hombre que había aparecido inesperadamente como un ángel salvador caído del cielo. Alguien capaz de calcular un jaque mate con nueve movimientos de anticipación no podía ser sino un experto de primera línea, quizás incluso otro ajedrecista que estaba viajando para participar en el mismo torneo que Czentovic, y su repentina aparición e intervención en ese momento tan crítico tenían algo de sobrenatural. El primero en recuperar la compostura fue McConnor.

—¿Qué sugiere? —susurró nervioso.

—No avanzaría todavía; primero haría alguna jugada de espera. Antes que nada, protejan al rey: muévanlo de g8 a h7. Eso seguramente haga que él ataque por el otro flanco; pero ustedes pueden evitar el ataque moviendo la torre de c8 a c4. Esto le costará dos movimientos, un peón y su ventaja. Entonces, será peón pasado contra peón pasado y, si se defienden bien, pueden empatar. Es lo mejor que pueden conseguir.

Una vez más quedamos asombrados. Había algo desconcertante tanto en la precisión como en la velocidad de sus cálculos; parecía como si estuviese leyendo los movimientos de un libro. Con todo, quedamos fascinados con la inesperada posibilidad de empatar nuestra partida contra un gran maestro gracias a la intervención de este hombre. Todos nos cambiamos de lugar para que él tuviera una visión más completa del tablero y McConnor volvió a preguntar:

—Entonces, ¿el rey de g8 a h7?

—¡Sí, sí! ¡Una jugada de espera! ¡Esa es la idea!

McConnor obedeció y golpeamos la copa con la cuchara. Czentovic se acercó a la mesa con su andar habitual y de inmediato notó nuestra jugada. Luego, movió el peón de h2 a h4 en el flanco del rey, tal como había pronosticado nuestro misterioso ayudante.

—La torre hacia adelante —susurró el hombre enseguida—, la torre hacia adelante, de c8 a c4. Así él tendrá que defender su peón primero. ¡Pero eso no le servirá de nada! Ignoren su peón pasado; muevan el caballo de d3 a e5 y se restablecerá el equilibrio. Mantengan la presión: ataque en vez de defensa.

No entendimos a qué se refería. Hasta donde sabíamos, podría haber estar hablando chino. Pero, ya bajo su hechizo, McConnor hizo el movimiento que le había aconsejado sin siquiera pensarlo. Golpeamos la copa de nuevo para llamar a Czentovic. Fue la primera vez que no decidió su movimiento de inmediato, sino que miró el tablero con atención. Sin darse cuenta, frunció el ceño. Luego realizó exactamente el movimiento que el desconocido había pronosticado y se volteó para volver a su mesa. Pero, antes de que se marchara, sucedió algo nuevo e inesperado. Czentovic levantó la mirada y estudió nuestro grupo; obviamente quería averiguar quién era el responsable de tan enérgica y repentina resistencia.

A partir de ese momento, nuestro entusiasmo no tuvo límites. Hasta entonces habíamos jugado sin ninguna esperanza; pero en ese instante la idea de quebrar el frío orgullo de Czentovic encendió un fuego que recorrió nuestras venas. Nuestro nuevo compañero ya nos había señalado el siguiente movimiento, por lo que –mis dedos temblaban mientras golpeaba la copa con la cuchara– podíamos llamar de nuevo a Czentovic. Así fue como llegó nuestro primer triunfo. Czentovic, que hasta ese momento había jugado siempre de pie, dudó, dudó y finalmente se sentó. Tomó asiento pausada y lentamente; desde un punto de vista meramente físico, esa acción canceló su actitud hasta el momento condescendiente hacia nosotros. Lo habíamos forzado, al menos en términos espaciales, a ubicarse en el mismo nivel que nosotros. Pensó por un largo rato, con la mirada decidida clavada en el tablero, de modo que apenas se veían sus pupilas bajo los oscuros párpados, e inmerso en sus pensamientos, fue abriendo cada vez más la boca, dando una expresión bastante simplona a su rostro. Meditó durante varios minutos, luego realizó su movimiento y se levantó. Entonces, nuestro amigo susurró:

—¡Jugadas de espera! ¡Bien pensado!

¡Pero no se dejen engañar! Fuercen un cambio de piezas. Deben forzar un cambio de piezas y luego podremos lograr un empate. Ni Dios podrá salvarlo.

McConnor siguió las indicaciones. En los siguientes movimientos de ambos –el resto de nosotros hacía rato habíamos pasado a ser simples extras– se sucedieron avances y retrocesos que nos resultaba imposible comprender. Después de unos siete movimientos, Czentovic se tomó un tiempo para pensar, luego levantó la mirada y dijo:

—Tablas.

Por un instante, hubo un silencio sepulcral. De pronto se oía el sonido de las olas y la música de jazz del bar. Podíamos oír cada paso que daban sobre la cubierta de paseo y el suave y tranquilo soplar del viento que se colaba por las rendijas de los ojos de buey. Conteníamos la respiración. Todo había sucedido muy rápidamente y estábamos todos en estado de shock por la increíble forma en que este desconocido había impuesto su voluntad sobre el campeón mundial en una partida que estaba casi perdida. McConnor se reclinó con un movimiento brusco y exhaló el aire que había estado conteniendo en un "¡Ah!" de felicidad. Mientras tanto, yo miraba a Czentovic. Me pareció que durante los últimos movimientos se había puesto más pálido, aunque sabía mantenerse tranquilo. Manteniendo su aparente tranquilidad y en un tono casual, mientras quitaba con mano firme las piezas del tablero, preguntó:

—Caballeros, ¿les interesaría una tercera partida?

Preguntó con total objetividad, como si se tratara de un asunto estrictamente de negocios. Lo llamativo fue que no lo hizo mirando a McConnor, sino que había levantado la vista para mirar intensa y directamente a nuestro salvador. Así como un caballo reconoce a un buen jinete por su montar más firme, Czentovic seguramente había identificado en esos últimos movimientos a su verdadero y legítimo oponente. Sin pensarlo, seguimos la dirección de sus ojos y miramos perplejos al extraño. Antes de que este pudiera siquiera pensarlo, mucho menos responder, McConnor, con su ambicioso entusiasmo, ya estaba gritando en tono triunfante:

—¡Por supuesto! Pero ahora tiene que jugar usted contra Czentovic, mano a mano. ¡Usted solo contra Czentovic!

En ese momento sucedió algo inesperado. El desconocido, que curiosamente seguía mirando fijo el tablero ya vacío, se sobresaltó al sentir todas las miradas sobre él y escuchar cómo le pedíamos con entusiasmo que aceptara. De pronto, su rostro expresaba cierta confusión.

—Oh, de ninguna manera, caballeros —tartamudeó con evidente consternación—. No, imposible... Ni por un momento piensen que yo... No he jugado ajedrez en veinte, no, veinticinco años... Y recién ahora veo lo inapropiado de mi comportamiento al interferir en una partida sin haber pedido permiso... Por favor, disculpen mi arrogancia.

Antes de que pudiéramos salir de nuestro asombro, él ya había abandonado el salón.

—¡Pero eso no es posible! —gritó el temperamental McConnor, golpeando la mesa con el puño—. ¿Dice que no ha jugado ajedrez en veinticinco años? ¡Imposible! Calculó cada movimiento, cada contraataque, con cinco o seis movimientos por adelantado. Nadie puede hacer eso así nomás. Es absolutamente imposible, ¿o no? —Y al hacer esa última pregunta, McConnor, sin darse cuenta, había girado hacia donde se encontraba Czentovic. Pero este permaneció tan frío como de costumbre.

—En realidad, no puedo aventurar una respuesta. Sin embargo, el caballero jugó de una forma bastante extraña e interesante. Por eso le di una oportunidad. —Poniéndose de pie con desinterés, agregó con fría objetividad—: Si el caballero o de hecho ustedes quisieran jugar otra partida mañana, estaré a su disposición a partir de las tres de la tarde.

No pudimos evitar esbozar una pequeña sonrisa. Todos sabíamos que Czentovic no era tan generoso como para darle una oportunidad a nuestro misterioso salvador y que su comentario no era otra cosa que una excusa inocente para enmascarar su propio fracaso. Nuestro deseo de ver cómo le bajaban los humos a tan inmutable arrogancia se hizo aun más fuerte. De repente, nosotros, un grupo de pasajeros pacíficos y agradables, habíamos sido invadidos por un salvaje y arrogante deseo de ganar. Nos fascinaba sobremanera la idea de que en este barco, en medio del océano, tal vez se lograra arrebatar los laureles al campeón mundial, un logro que sería compartido con todo el mundo mediante telegramas. Además estaban el intrigante misterio de la intervención de nuestro salvador justo en el momento crítico y el contraste entre su modestia casi tímida y su confianza en sí mismo, sólida como la de un profesional. ¿Quién era este individuo? ¿Acaso el azar había revelado de esta manera a un genio del ajedrez hasta ahora desconocido? ¿O se trataba de un maestro famoso que por alguna razón estaba ocultando su identidad? Discutimos todas las posibilidades con gran entusiasmo; incluso las hipótesis más atrevidas no parecían lo suficientemente audaces para conciliar la desconcertante timidez y las inesperadas protestas del desconocido con su indudable talento. Sin embargo, todos estábamos de acuerdo en un punto: no renunciaríamos a la espectacular posibilidad de otro encuentro. Decidimos intentar todas las formas posibles para convencer a nuestro salvador de jugar una partida contra Czentovic al día siguiente. McConnor se comprometió a pagar los costos y, dado que nuestras averiguaciones con el camarero habían arrojado que el desconocido era austríaco, se me encargó, como compatriota, presentarle nuestra propuesta.

No me llevó mucho tiempo rastrear al hombre que había escapado con tanta prisa. Estaba en la cubierta de paseo, recostado en una silla, leyendo. Antes de acercarme más, me detuve a observarlo. Su cabeza, con pronunciados rasgos faciales, estaba apoyada en el almohadón con cierto desgano; una vez más, me llamó particularmente la atención la extraña palidez de su rostro, relativamente joven, enmarcado con unas deslumbrantes canas en las sienes. No sé por qué pero tuve la sensación de que este hombre había envejecido muy de golpe. Me había acercado muy poco cuando se levantó cortésmente y se presentó. Su apellido de inmediato me resultó familiar: pertenecía a una antigua y muy respetada familia austríaca. Recordé que un hombre con ese apellido había pertenecido al círculo íntimo de amigos de Schubert y uno de los médicos del antiguo Emperador también era miembro de su familia.

Cuando le comenté al doctor B. nuestra propuesta y le pedí que aceptara el desafío contra Czentovic, fue evidente que lo tomé por sorpresa. Me explicó que jamás hubiese imaginado que se había desenvuelto tan bien en nuestra partida contra un gran maestro, en efecto el gran maestro más exitoso del momento. Por alguna razón, esa información pareció causarle cierta impresión, ya que me preguntó varias veces si yo estaba seguro de que su oponente había sido realmente el reconocido campeón mundial. Pronto me di cuenta de que este hecho facilitaba mi tarea y simplemente me pareció conveniente, al percibir lo delicado de sus sentimientos, evitar mencionarle que el riesgo financiero de una posible derrota iría a cargo de McConnor. Tras dudarlo bastante, el doctor B. accedió a jugar una partida, pero me pidió expresamente que advirtiera a los otros caballeros que de ninguna manera esperaran mucho de él.

—Ya que —agregó con la sonrisa de un hombre absorto en sus pensamientos— no sé si puedo jugar una partida de ajedrez como corresponde, siguiendo todas las reglas. Por favor, créame. No fue falsa modestia cuando dije que no he tocado una pieza de ajedrez desde mis días de escuela, hace más de veinte años. E incluso en ese entonces no se me consideraba un jugador con talentos especiales. —Lo dijo de manera tan natural que ni siquiera por un segundo dudé de su honestidad. Sin embargo, no pude evitar expresar mi sorpresa ante la precisión con que logró recordar cada una de las combinaciones ideadas por los distintos maestros.

—Al menos —dije—, debe haber tenido un gran interés en la teoría.

El doctor B. sonrió una vez más con esa forma curiosamente de ensueño.

—¿Un gran interés en la teoría? Con Dios como testigo, puedo decir con certeza que lo he tenido. Pero fue bajo circunstancias muy especiales, incluso sin precedentes. Es una historia bastante complicada, que puede contribuir levemente a la historia de nuestros tiempos tan placenteros. Si tiene media hora… —Había señalado la silla junto a él y acepté con gusto la invitación. No había nadie alrededor. El doctor

B. se quitó los lentes de lectura, los dejó a un lado y comenzó—: Fue muy amable de su parte, como vienés, decir que recordaba el apellido de mi familia. Pero no creo que haya oído del estudio jurídico que manejábamos con mi padre, que luego quedó solo a mi cargo, ya que no trabajábamos con los tipos de casos que llamaban la atención de los periódicos y, por principios, evitábamos tomar clientes nuevos. De hecho, en realidad ya no realizábamos prácticas legales comunes. Nos habíamos dedicado por completo a dar asesoramiento legal a los grandes monasterios y en particular a administrar sus bienes. Como ex funcionario parlamentario del Partido Clerical, mi padre tenía muchos contactos en el partido. Además –ahora que la monarquía es historia pasada, supongo que puedo decirlo–, se nos encomendaba el manejo de los fondos de varios miembros de la familia imperial. Estos contactos con la corte y el clérigo –mi tío era el médico del Emperador y otro miembro de nuestra familia era abad de Seitenstetten– se remontaban a dos generaciones. Lo único que debíamos hacer nosotros era mantenerlas. Fue toda esa confianza heredada lo que nos llevó a una discreta e incluso, digamos, silenciosa forma de trabajo que solo requería la más estricta discreción y confiabilidad, dos atributos que mi difunto padre poseía en gran medida. Con su cautela, logró preservar varios bienes importantes de sus clientes, tanto en los años de inflación como durante el golpe de Estado. Cuando Hitler llegó al mando de Alemania y comenzó a saquear los bienes de la Iglesia y los monasterios, muchas de las negociaciones y transacciones del lado alemán de la frontera también pasaron por nuestras manos. Fueron diseñadas para salvar, por lo menos de la confiscación, los bienes muebles, y tanto mi padre como yo sabíamos más acerca de ciertas operaciones de la curia y la casa imperial que lo que el público alguna vez sabrá. Pero la naturaleza de bajo perfil de nuestro estudio jurídico –ni siquiera teníamos una placa en la puerta– y nuestra cautela, ya que ambos evitábamos con mucho cuidado los círculos monárquicos, eran en sí nuestra mejor protección contra la investigación por parte de los cuarteles equivocados. De hecho, durante todos esos años ninguna de las autoridades de Austria sospechó que los mensajeros secretos de la casa imperial recolectaban y entregaban la correspondencia más importante en nuestras modestas instalaciones del cuarto piso. Pero los nacionalsocialistas, mucho antes de armar sus fuerzas contra el mundo, habían comenzado a reunir otro ejército igual de peligroso y bien entrenado en todos los países que rodeaban su territorio: la legión de los desamparados, de las personas que habían sido ignoradas o que estaban resentidas. Tenían las llamadas "células" en cada oficina y en cada empresa; sus espías e informantes estaban en todos lados, incluso en las oficinas privadas de Dollfuss y Schuschnigg. También tenían un hombre en nuestro modesto estudio jurídico, que desafortunadamente no descubrí hasta que ya era demasiado tarde. No era más que un pobre empleado sin talento a quien le había ofrecido trabajo por pedido de un sacerdote, simplemente para darle al estudio la imagen de una firma común. En realidad, solo lo usábamos para llevar a cabo mandados inocentes, responder el teléfono y archivar, es decir, guardar en el archivo todos los papeles inofensivos y poco importantes. No tenía permitido bajo ningún concepto abrir la correspondencia. Yo escribía todas las cartas importantes personalmente y no hacía copias. Me llevaba todos los documentos importantes a casa y hablaba sobre ciertos temas en secreto solo en la abadía del monasterio o en los consultorios de mi tío. Como tomábamos esas precauciones, el informante no veía ninguna de nuestras operaciones importantes; pero, como consecuencia de un desafortunado incidente, el egoísta y ambicioso muchacho debe haber notado que no confiábamos en él y que todas las cosas interesantes se manejaban a sus espaldas. Quizás en mi ausencia algún mensajero mencionó imprudentemente a "Su Majestad" en lugar del pseudónimo acordado, "Barón Fern", o quizás el desgraciado estuvo abriendo la correspondencia a escondidas. En todo caso, antes de que desconfiara de él, Múnich o Berlín ya le habían solicitado que nos mantuviera vigilados. Solo mucho después, mucho después de ser arrestado, recordé cómo en los últimos meses su mediocridad original se había convertido en un repentino entusiasmo y se había ofrecido varias veces, casi con insistencia, a llevar mi correspondencia al correo. Por eso, soy responsable de cierta imprudencia… aunque, después de todo, ¿acaso los mejores diplomáticos y militares no fueron engañados por los trucos arteros de Hitler? La cercana, incluso apasionante, atención que me había estado dedicando la Gestapo durante un largo período se hizo evidente con el hecho de que, la misma noche en que Schuschnigg anunció su renuncia, los hombres de las SS me arrestaron. Por suerte, me las había ingeniado para quemar los papeles más importantes ni bien escuché el discurso de renuncia de Schuschnigg en la radio; en cuanto a los documentos restantes, junto con los comprobantes de las inversiones de los monasterios y dos archiduques en el extranjero, se los envié a mi tío escondidos en una canasta con ropa para lavar que llevó mi vieja ama de llaves de confianza, literalmente en el último minuto, justo antes de que derribaran la puerta.

El doctor B. se detuvo a encender un cigarro. En la luz intermitente, vi un tic nervioso en la comisura derecha de su boca que ya había notado antes y que se repetía después de algunos minutos. Era un mero movimiento fugaz, no más que el fantasma de un movimiento, pero le daba un curioso aspecto de intranquilidad a todo su rostro.

—Probablemente crea que voy a hablarle sobre los campos de concentración donde llevaban a todos aquellos que se mantenían fieles a nuestra vieja Austria, sobre las humillaciones, los tormentos y las torturas que sufrí allí; pero nada de eso sucedió. Yo estaba en una categoría diferente. No me arriaron junto con esas pobres almas que sufrieron la degradación física y mental mientras descargaban en ellos viejos resentimientos. Me pusieron en ese otro pequeño grupo del que los nazis esperaban obtener dinero o información importante. En sí, por supuesto, mi modesta persona no le interesaba a la Gestapo. Pero deben haber sabido que nosotros habíamos sido los representantes, administradores y confidentes de su acérrimo enemigo, y por eso esperaban obtener de mi persona material incriminatorio: material para usar contra los monasterios –querían pruebas de que habían estado confiscando bienes–, evidencia contra la familia imperial y todos aquellos en Austria que se habían sacrificado en nombre de la monarquía. Sospechaban –y, para ser honesto, no estaban equivocados– que un importante porcentaje de los fondos que habían pasado por nuestras manos aún estaban a salvo, escondidos fuera del alcance de su rapacidad, por lo que me capturaron en cuanto pudieron para obligarme a compartir esos secretos, usando sus ya conocidos y eficaces métodos. Las personas de mi categoría, de quienes deseaban extraer importantes pruebas o dinero, no eran enviadas a campos de concentración, sino que recibían un tratamiento especial. Tal vez usted recuerde que a nuestro canciller y el barón Rothschild, de cuyas familias querían obtener millones, no fueron encarcelados en un campo de concentración, detrás de alambre de púas, sino que recibieron lo que parecía un tratamiento preferencial y fueron llevados a un hotel, el hotel Metropole, que también funcionaba como cuartel general de la Gestapo y donde cada uno tenía una habitación. A pesar de lo insignificante que era yo, recibí el mismo toque de distinción. Una habitación privada en un hotel. Suena muy humano, ¿verdad? Sin embargo, debería creerme si le digo que, cuando a nosotros, las "personas importantes", no nos apiñaban de a veinte en una choza helada, sino que nos acomodaban en habitaciones privadas de hotel calefaccionadas razonablemente, nos tenían preparado un método que en ningún aspecto era más humano; solo era más sofisticado. Porque la presión que querían ejercer para obtener el "material" que necesitaban de nosotros debía operar con mayor sutileza que la cruda violencia y tortura física: el método era el más exquisito y refinado aislamiento. No nos hacían nada: simplemente nos ubicaban en un completo vacío, y todo el mundo sabe que en la tierra nada ejerce más presión sobre el alma del ser humano que el vacío. Se esperaba que el confinamiento solitario en un vacío total, una habitación desconectada herméticamente del mundo exterior, creara presión no desde afuera, mediante la violencia y el frío, sino desde adentro, lo cual finalmente nos haría confesar. A primera vista, la habitación que me dieron no parecía para nada incómoda. Tenía una puerta, una cama, un sillón, un lavatorio y una ventana con rejas. Pero la puerta permanecía cerrada día y noche; no había ni un libro, ni un periódico, ni una hoja de papel, ni un lápiz sobre la mesa; por la ventana solo podía verse un muro ignífugo; un completo vacío había sido construido a mi alrededor e incluso alrededor de mi cuerpo. Me habían sacado todo: mi reloj, para que no pudiera saber la hora; mi lápiz, para que no pudiera escribir nada; mi cortaplumas, para que no me cortara las venas; incluso se me negaba el más mínimo narcótico, como un cigarrillo. Salvo por el guardia, quien jamás pronunció palabra alguna ni contestó mis preguntas, nunca vi un rostro humano ni oí una voz humana. En ese lugar, los ojos, los oídos y los demás sentidos no recibían el más mínimo estímulo de la mañana a la noche y de la noche a la mañana. Estaba irremediablemente a solas, conmigo mismo, mi cuerpo y los cuatro o cinco objetos silenciosos: la mesa, la cama, la ventana, el lavatorio. Vivía como un buzo debajo de un domo de vidrio en el oscuro océano de ese silencio o, peor aun, como un buzo que ya se imagina que el cable que lo conecta a la superficie se ha cortado y que jamás podrá salir de esas profundidades de silencio absoluto. No había nada que hacer, nada que oír, nada para ver. Estaba rodeado por todos lados y todo el tiempo por el vacío, ese completo vacío, infinito y atemporal. Caminaba de aquí para allá y los pensamientos iban de aquí para allá conmigo, de aquí para allá, una y otra vez. Pero incluso los pensamientos, por más insustanciales que parezcan, necesitan algo de que aferrarse; si no, comienzan a dar vueltas y girar sin sentido sobre ellos mismos: los pensamientos tampoco toleran el vacío. Siempre estaba esperando que sucediera algo de la mañana a la noche, pero no pasaba nada. Esperaba una y otra vez. No ocurría nada. Esperaba, esperaba, esperaba, pensaba, pensaba, pensaba hasta que me empezaba a doler la cabeza. Nada. Estaba solo. Solo. Solo.

»Viví así por un par de semanas, sin noción del tiempo, sin contacto con el mundo exterior. Si durante ese tiempo hubiera estallado una guerra, no me habría enterado, ya que mi mundo estaba constituido solo por la mesa, la puerta, la cama, el lavatorio, la silla, la ventana y el muro, y pasaba todo el día mirando el mismo papel tapiz de la misma pared, tan fijo que cada línea de su diseño en zigzag ha quedado grabada en los más recónditos rincones de mi cerebro, como tallada con un buril. Luego, por fin, comenzaron los interrogatorios. De pronto me venían a buscar; no había forma de saber si era de día o de noche. Me buscaban y me llevaban por unos pasillos hacia un lugar; no sé adónde.

Luego debía esperar en otro lugar –tampoco sabía dónde– y de repente me encontraba de pie frente a unos hombres uniformados que estaban sentados en una mesa. Sobre la mesa había una pila de papeles: archivos. Vaya uno a saber qué contenían. Luego comenzaban las preguntas: verdaderas y falsas, obvias y engañosas, preguntas encubiertas y preguntas capciosas... Y mientras respondía, unos dedos extraños y maliciosos pasaban esas hojas de contenido desconocido, y unas manos extrañas y maliciosas escribían algo en los registros del interrogatorio, y no tenía idea de qué estaban escribiendo. Pero, para mí, la parte más terrible de esos interrogatorios era que no podía adivinar ni descubrir cuánto sabía realmente la Gestapo acerca de lo que sucedía en mi estudio jurídico y qué querían obtener de mí. Como ya le he comentado, a último momento había logrado enviar los papeles verdaderamente incriminatorios a lo de mi tío con mi ama de llaves. ¿Pero los había recibido o no? ¿Y cuánto había revelado el empleado? ¿Cuántas cartas habían interceptado? ¿Cuántas podrían haber obtenido hasta ese momento de algún inocente clérigo de los monasterios alemanes que representábamos? Y seguían haciendo preguntas y más preguntas. ¿Qué bienes había comprado para tal y cual monasterio? ¿Con qué bancos mantenía contacto? ¿Conocía o no al señor fulano? ¿Había recibido correspondencia de Suiza y Steenookerzeel? Y, como nunca pude saber cuánto habían descubierto ya, cada respuesta se convertía en una gran responsabilidad. Si mencionaba algo que no sabían, podía estar condenando innecesariamente a alguien a muerte. Negar demasiadas cosas tampoco me ayudaba en lo más mínimo.

»Pero los interrogatorios no eran lo peor. Lo peor era volver al vacío después del interrogatorio, de vuelta a la misma habitación con la misma mesa, la misma cama, el mismo lavatorio, el mismo papel tapiz. Porque, en cuanto me dejaban a solas conmigo mismo, intentaba reconstruir qué debía haber contestado y qué debía decir en futuros interrogatorios para desviar cualquier sospecha que quizás había levantado. Repasaba toda la situación, volvía a pensarlo todo, analizaba mis propias declaraciones, revisaba cada palabra que había dicho al jefe de interrogatorios, recapitulaba cada pregunta que me habían hecho y cada respuesta que había dado, trataba de pensar qué habrían escrito en el registro; pero me di cuenta de que jamás podría descubrirlo, jamás lo sabría. Sin embargo, una vez que esos pensamientos comenzaban en ese vacío, no dejaban de dar vueltas y vueltas en mi cabeza, una y otra vez, en infinitas combinaciones, y continuaban hasta que me quedaba dormido. Después de cada interrogatorio de la Gestapo, mis propios pensamientos me atormentaban con preguntas, averiguaciones y torturas sin piedad, quizás incluso con mayor crueldad; porque los interrogatorios duraban una hora, pero gracias a la insidiosa tortura del confinamiento solitario, la cabeza nunca dejaba de pensar. Y a mi alrededor, siempre, solo estaban la mesa, el armario, la cama, el papel tapiz, la ventana; no había ninguna forma de distracción: ni un libro, ni un periódico, ni un rostro nuevo, ni un lápiz para escribir, ni un fósforo para jugar. Nada, nada, nada. Recién ahora entiendo lo diabólicamente ingenioso que era el método de la habitación de hotel, lo terriblemente bien diseñado que estaba en términos psicológicos. En un campo de concentración, quizá me hubieran obligado a acarrear rocas hasta que las manos me sangraran y se me congelaran los pies en los zapatos; quizá me hubiesen obligado a dormir con una docena de personas hacinadas en la mugre y el frío. Pero al menos así habría visto rostros, habría podido ver un campo, una carretilla, un árbol, una estrella, algo, cualquier cosa, mientras que en el hotel siempre me rodeaban las mismas cosas, siempre las mismas, siempre las mismas malditas cosas. No había nada allí para distraerme de mis pensamientos, mis delirios, mis recapitulaciones macabras. Eso era precisamente lo que ellos querían: yo debía asquearme una y otra vez de mis pensamientos hasta atragantarme con ellos, y finalmente no tendría otra opción más que escupirlos, contarles todo, todo lo que querían saber, entregar de una vez por todas la información y a las personas que ellos querían. Con el tiempo, empecé a sentir que mis nervios comenzaban a ceder ante la presión del vacío y, consciente del peligro que eso implicaba, los forcé al límite para encontrar o inventar algo para distraer mi mente. Para mantenerme ocupado, trataba de recordar y recitar todo lo que había aprendido de memoria: el himno nacional y las rimas de cuando era niño, los clásicos de Homero que había estudiado en la escuela y algunos párrafos del Código Civil. Luego, intenté con las matemáticas, sumar y dividir, pero mi memoria no podía retener los números en el vacío. No podía concentrarme en nada. Solo pensaba en una cosa: ¿qué saben?, ¿qué dije ayer?, ¿qué debería decir la próxima vez?

»Esa situación, verdaderamente tremenda, duró cuatro meses. Cuatro meses: fácil de escribir; ¡solo once letras! Cuatro meses: fácil de decir; ¡solo cuatro sílabas! Podemos articular esa frase con nuestros labios en un cuarto de segundo: ¡cuatro meses! Pero nadie puede describir, evaluar ni demostrar, a sí mismo o a ningún otro, cuánto dura este período en un vacío atemporal e infinito, y es imposible explicar cómo lo carcome y destruye a uno: nada, nada, nada alrededor, solo la misma mesa y la misma cama y el mismo lavatorio y el mismo papel tapiz; y siempre ese silencio, siempre el mismo guardia entregando la comida sin siquiera mirarlo a uno, siempre los mismos pensamientos rondando el mismo objeto en el vacío hasta que uno se vuelve loco. Asustado, me di cuenta de que mi cabeza comenzaba a confundirse. Al principio, había logrado conservar la claridad en los interrogatorios, había respondido con calma y prudencia; todavía no había perdido la capacidad de pensar al mismo tiempo qué decir y qué callar. Con el paso del tiempo, comencé a tartamudear incluso al articular las frases más sencillas, porque cuando hablaba no podía quitar la mirada del bolígrafo que registraba mis declaraciones; estaba como hipnotizado, como si hubiese estado intentando seguir mis propias palabras. Sentía que mis fuerzas flaqueaban, sentía que cada vez estaba más cerca el momento en que confesaría todo para salvarme, en que diría todo lo que sabía y quizá, peor aun, en que entregaría a una docena de personas y sus secretos para escapar de ese vacío asfixiante, sin ganar más que un alivio momentáneo. Ese momento llegó una tarde; cuando el guardia trajo la comida, en ese instante de sofocante desesperación, de pronto comencé a gritar: "¡Llévenme! ¡Interróguenme! ¡Quiero contarles todo! ¡Quiero confesar! ¡Les voy a decir dónde están los documentos y el dinero! ¡Les voy a decir todo, todo!". Por fortuna no me oyó. Quizá no quiso escucharme.

»En el momento de mayor necesidad, sucedió algo bastante inesperado, que me ofreció una vía de escape, al menos por un tiempo. Fue a fines de julio, un día oscuro, nublado y lluvioso. Recuerdo ese último detalle con claridad porque la lluvia golpeaba contra los vidrios de las ventanas en el pasillo que conducía al interrogatorio. Tuve que esperar en la antesala del jefe de interrogatorios. Siempre había que esperar antes de cada interrogatorio. Dejar a uno esperando también era parte de la técnica. Primero, hacían que uno se pusiera nervioso al llamarlo a interrogatorio en medio de la noche y, después, cuando uno ya se había hecho a la idea del interrogatorio que se aproximaba, una vez preparadas mente y voluntad para resistir, había que esperar: una espera deliberada y sin sentido de una hora, dos horas, tres horas antes del interrogatorio, lo cual provocaba tanto cansancio físico como desgaste mental. Pero ese miércoles, 27 de julio, me dejaron esperando un rato particularmente largo. Tuve que esperar de pie en la antesala durante dos horas completas. Recuerdo la fecha con precisión por una razón: porque en la antesala donde tuve que esperar —obviamente no me dejaban tomar asiento—, en la antesala donde tuve que esperar de pie por dos horas, había un calendario y… No puedo decirle cómo, pero en mi desesperación por palabras impresas, por algo escrito, miré y miré ese número, esas pocas palabras en la pared: "27 de julio". Mi cerebro las devoró, por así decirlo, y luego seguí esperando, esperando, mirando la puerta, pensando cuándo se abriría de una vez, tratando de pensar qué me preguntarían mis inquisidores esa vez y con la irónica certeza de que no se parecería en lo más mínimo a lo que me imaginaba, aquello para lo que me estaba preparando. Sin embargo, a pesar de todo esto, el tormento de esperar y estar de pie también era un placer y me hacía bien, porque por lo menos esa sala no era mi habitación. Era un poco más grande, tenía dos ventanas en lugar de una y no tenía la cama, ni el lavatorio, ni la grieta en la base de la ventana que yo ya había estudiado un millón de veces. La puerta estaba pintada de otro color, había un sillón diferente contra la pared y a la izquierda, un archivo con legajos y un perchero de pie con tres o cuatro sobretodos militares mojados: los abrigos de mis torturadores. Así que tenía algo nuevo y diferente para mirar; al fin algo diferente para mis ojos hambrientos que se aferraban codiciosamente a cada detalle. Observé cada pliegue de esos sobretodos; noté, por ejemplo, que una gota de agua colgaba del cuello mojado de uno de ellos. Por más absurdo que parezca, esperé con un entusiasmo ridículo ver si esa gota finalmente se deslizaba por el pliegue del paño o si continuaba desafiando a la gravedad allí; de hecho, miré y miré esa gota sin parar, como si mi vida hubiera dependido de ello. Luego, cuando finalmente se deslizó, conté los botones de los abrigos: ocho en uno, ocho en otro, diez en el tercero; y luego comparé las solapas. Mis ojos hambrientos tocaron cada uno de esos pequeños detalles absurdos, jugaron con ellos y los aprovecharon con una avidez que me resulta difícil de explicar. De pronto mi vista se fijó en algo. Noté que uno de los bolsillos de uno de los sobretodos estaba algo abultado. Me acerqué y pensé en que la forma rectangular del bulto me indicaba el contenido del bolsillo: ¡un LIBRO! No había tenido un libro en mis manos por cuatro meses, y había algo excitante e hipnótico en la mera idea de un libro en el que podría ver palabras impresas una tras otra, líneas, páginas, hojas; un libro en el que podría buscar pensamientos nuevos, diferentes y originales para entretenerme y los podría meter en mi cabeza. Hipnotizados, mis ojos quedaron fijos en ese pequeño bulto que hacía el libro en el bolsillo; quedaron intensamente fijos en ese lugar inadvertido como si fueran a quemar un agujero en el abrigo. Al final, no pude contener más mi codicia y, sin darme cuenta, me acerqué. La mera posibilidad de sentir el libro, aunque fuera a través del paño, hacía que se me crisparan las manos hasta las puntas de los dedos. Casi sin notarlo, me fui acercando más y más. Por suerte, el guardia no notó mi extraño comportamiento, o quizá le pareció natural que un hombre que había estado de pie durante dos horas quisiera apoyarse un poco contra la pared. Ya estaba muy cerca del abrigo y había puesto intencionalmente mis manos detrás de la espalda para poder tocarlo sin despertar sospechas. Palpé el paño y, en efecto, había algo rectangular, flexible y que crujía un poco. ¡Un libro! ¡Un libro! Enseguida me invadió un único pensamiento: robar el libro. "Quizá lo logres, y puedes esconderlo en tu habitación y leer, leer, leer… ¡Volver a leer al fin!". Apenas entró esa idea en mi cabeza, comenzó a actuar como un poderoso veneno. De repente, mis oídos zumbaban y mi corazón latía con fuerza; mis manos se helaron y dejaron de responderme. Al salir de ese aturdimiento inicial, me acerqué en silencio y con cautela aun más al abrigo, sin sacar la mirada del guardia ni siquiera por un segundo y con las manos escondidas detrás de la espalda, y moví el libro más y más hasta casi sacarlo del bolsillo. Entonces, un movimiento, un leve y cuidadoso tirón, y de pronto tenía el pequeño y delgado libro en mi mano. Recién en ese momento me invadió el miedo, pero ya no había vuelta atrás. ¿Dónde iba a esconderlo? En la espalda: puse el libro en el pantalón, a la altura del cinturón que lo sujetaba, y lo moví de a poco hasta la cadera, para poder sostenerlo al caminar como militar, con la mano sobre la costura del pantalón. Era hora de la primera prueba. Me aparté del perchero: un paso, dos pasos, tres pasos. Confirmado: podía sostener el libro en ese lugar al caminar, siempre que mantuviera la mano firmemente apretada contra la costura.

»Entonces llegó el momento del interrogatorio. Más que nunca, tuve que esforzarme mucho porque al responder las preguntas, en lugar de enfocarme en lo que declaraba, estaba concentrando todas mis fuerzas en sostener el libro en su lugar sin que lo notaran. Por suerte, en esa oportunidad el interrogatorio fue breve y logré llevar el libro sano y salvo a mi habitación. No voy a aburrirlo con los detalles: en un momento, cuando iba a mitad de camino por el pasillo, el libro se resbaló peligrosamente y tuve que simular un importante ataque de tos para poder inclinarme y acomodarlo. De todos modos, qué gran momento viví al regresar a mi infierno, solo al fin, ¡pero no tan solo!

»Quizá crea que tomé el libro apenas tuve oportunidad, que lo miré y lo leí. ¡De ninguna manera! Primero quería saborear el hecho de tener el libro en mi poder, prolongar al máximo y de manera artificial el delicioso e intrigante placer de la expectativa, imaginar qué clase de libro preferiría que fuera el que había robado: en primer lugar, uno sin muchos espacios, con muchas, muchas letras, de muchas, muchas páginas delgadas, para que me llevara mucho tiempo leerlo. Luego deseé que fuese una obra que me permitiera ejercitar la mente, nada superficial o fácil, sino un libro que me enseñara algo, un libro que pudiera memorizar: poesía y, preferentemente –¡qué sueño atrevido!–, de Goethe o de Homero. Finalmente no pude contener más mi ávida curiosidad. Recostado en la cama, de manera tal que el guardia no pudiera ver lo que yo estaba haciendo si abría la puerta repentinamente, saqué el libro que llevaba en el cinturón con manos temblorosas. El primer vistazo fue una decepción e incluso me hizo sentir cierto enojo amargo: el libro por el que había arriesgado mi vida y ansiaba leer con gran expectativa no era más que un manual de ajedrez, una compilación de ciento cincuenta partidas de campeonato. Si no hubiese estado encerrado, lo habría arrojado por la ventana en el primer arrebato de ira, ya que no había mucho que pudiera hacer con él. ¿Qué podía hacer? De niño, en la escuela, como muchos de los demás, me había sentado frente a un tablero de ajedrez para combatir el aburrimiento. ¿Pero de qué me serviría el contenido teórico? Además, no se puede jugar ajedrez sin un compañero y ciertamente tampoco se puede jugar sin las piezas y el tablero. Malhumorado, hojeé el libro, con la esperanza de encontrar algo para leer: un prólogo, una introducción. Pero solo encontré los esquemas de los tableros de las distintas partidas y, debajo de estos, símbolos que al principio no tenían ningún sentido para mí: a2-a3 y Cf1-g3, entre otros. Todo parecía una especie de fórmula algebraica para la que me faltaba la clave. Fue con el tiempo que descifré que las letras a, b y c correspondían a las hileras en el eje horizontal, las columnas, y los números 1 a 8, a las hileras del eje vertical, las filas, y que se utilizan para indicar la posición actual de cada pieza. Esto por lo menos le daba un lenguaje a los esquemas puramente gráficos. "Quizá –pensé– podría hacer algo similar a un tablero de ajedrez en mi celda y luego tratar de jugar esas partidas". Como una señal del cielo, noté que el cubrecama tenía un diseño a cuadros. Si lo doblaba bien, podía arreglarlo para que quedaran sesenta y cuatro casillas. Entonces, después de arrancar la primera página del libro, lo escondí debajo del colchón. Luego, con pequeñas migajas de pan que guardaba, comencé a modelar las piezas –el rey, la dama, y así sucesivamente–, que por supuesto resultaban ridículamente imperfectas. Al fin, después de un inmenso esfuerzo, logré reconstruir las posiciones que se mostraban en el libro de ajedrez sobre mi cubrecama a cuadros. Sin embargo, cuando intenté jugar una partida completa, confundí todas mis ridículas piezas de miga, la mitad de las cuales había oscurecido con polvo. No podía evitar confundirlas los primeros días. Tenía que empezar de cero la misma partida cinco, diez e incluso veinte veces. ¿Pero quién, en todo el mundo, tenía tanto tiempo libre como yo, el esclavo del vacío? ¿Quién tenía tantas ganas de aprender y tanta paciencia disponible? A los seis días, ya podía jugar las partidas sin errores hasta el final; ocho días después, ni siquiera necesitaba las piezas de miga sobre el cubrecama para visualizar las posiciones del libro; y luego de otros ocho días, incluso podía jugar sin el cubrecama a cuadros. Aquello que al principio me había parecido un conjunto de símbolos abstractos en el libro –a1, a2, c7, c8– se había convertido automáticamente en mi mente en posiciones visuales tridimensionales. El cambio fue un éxito total: había logrado proyectar el tablero y las piezas en mi mente y ubicar todas las piezas con tan solo la fórmula, tal como un músico versado puede oír todas las notas por separado y la armonía con tan solo mirar una partitura. Después de otros catorce días, podía jugar con facilidad cualquiera de las partidas del libro de memoria –o a ciegas, según el término técnico–, y fue recién entonces que comencé a comprender el inmensurable alivio que me había traído mi audaz robo. Porque de pronto tenía algo que hacer, quizás algo sin ningún sentido ni propósito, pero al menos era una actividad que aniquilaba el vacío que me rodeaba. Encontré un arma maravillosa contra la monotonía opresiva del espacio y el tiempo en esas ciento cincuenta partidas de campeonato.

Para mantener intacto el placer de mi nueva actividad, decidí organizar mi día con mucha precisión: dos partidas a la mañana, dos a la tarde y luego una rápida recapitulación al anochecer. Así ocupaba mis días, cuya forma dejó de ser tan gelatinosa; me mantenía ocupado sin agotarme, dado que el ajedrez tiene la maravillosa ventaja de que, cuando uno concentra la energía intelectual en algo estrictamente limitado, la mente no se cansa, ni siquiera con el más extenuante esfuerzo mental, sino que su agilidad y vigor aumentan. De a poco, aquello que al principio había sido una repetición puramente mecánica de las partidas de campeonato comenzó a despertar un placentero interés artístico en mí. Aprendí a apreciar las sutilezas del ajedrez, los trucos y las celadas en el ataque y la defensa; comprendí distintas técnicas para predecir jugadas, combinaciones y contraataques; y pronto logré reconocer infaliblemente el estilo personal de cada uno de los grandes maestros por su forma de jugar, tal como se puede identificar al autor de un poema con tan solo leer unos pocos versos. Lo que comenzó como una simple actividad para ocupar el tiempo se convirtió en algo que disfrutaba, y las figuras de los grandes estrategas del ajedrez, como Alekhine, Lasker, Bogoljubov y Tartakower, se convirtieron en camaradas queridos en mi confinamiento solitario. Cada día, una variedad infinita avivaba mi celda silenciosa y, con los ejercicios mentales que practicaba con regularidad, logré restaurar mi estabilidad mental que estaba en peligro; gracias a la constante disciplina mental, sentí mi cerebro revitalizado y renovado, por así decirlo. Era particularmente evidente que estaba pensando con mayor claridad y rapidez en los interrogatorios; jugar ajedrez había perfeccionado inconscientemente mi defensa contra las falsas amenazas y los trucos encubiertos. Ya no exponía mis debilidades en los interrogatorios, e incluso tuve la sensación de que, en un punto, los hombres de la Gestapo comenzaban a respetarme. Tal vez, al ver a todos los demás desmoronarse, se preguntaban en silencio qué secreto escondía mi inalterable resistencia.

»Ese período de felicidad en que todos los días reproducía de manera sistemática las ciento cincuenta partidas del libro duró más o menos dos meses y medio o tres. Luego llegué inesperadamente a un callejón sin salida. De pronto, una vez más, me encontraba frente al vacío. Después de jugar cada partida entera unas veinte o treinta veces, el libro perdió su encanto original de novedad y sorpresa: el poder que había tenido para entusiasmarme y estimularme desapareció. ¿Qué sentido tenía jugar una y otra vez las partidas cuando ya las sabía de memoria, movimiento por movimiento? Apenas realizaba el primer movimiento, el resto del juego pasaba por mi cabeza automáticamente; no había más sorpresas, ni tensión, ni problemas. Para mantenerme ocupado y crear la sensación de esfuerzo y distracción, que eran esenciales para mí a esa altura, realmente necesitaba un libro distinto con otras partidas. Pero como era imposible conseguir otro libro, había solo una manera de que mi mente siguiera ese extraño y alocado camino: debía inventar nuevas partidas en lugar de seguir jugando las del libro. Tenía que intentar jugar conmigo mismo o, mejor dicho, en mi contra.

»No sé cuánto le ha dedicado usted a reflexionar sobre la situación intelectual de este rey de los juegos, pero incluso la más breve reflexión debería ser suficiente para darse cuenta de que, como el ajedrez es un juego que no admite el azar sino que es pura actividad intelectual, es un absurdo lógico tratar de jugar contra uno mismo. Lo más atractivo del ajedrez reside por completo en el desarrollo de estrategias de dos cerebros diferentes, en el hecho de que el jugador de las negras no sabe qué maniobras realizará el jugador de las blancas en esta guerra mental, intenta adivinar y malograr los planes del jugador de las blancas, que a su vez trata de anticipar y contrarrestar las intenciones secretas de su oponente de las negras. Si una sola persona jugara con las piezas blancas y las negras, se produciría la ridícula situación de que un mismo cerebro sabría y desconocería algo al mismo tiempo, y al jugar con las blancas olvidaría por completo lo que pretendía y planeaba segundos antes cuando jugaba con las negras. Ese pensamiento dual realmente supone una completa división de la conciencia, la capacidad de alternar a discreción las funciones del cerebro como si fuese un aparato mecánico. Querer jugar ajedrez contra uno mismo es una paradoja, como intentar saltar la propia sombra. Bueno, para resumir, en mi desesperación, pasé meses intentando concretar esa absurda situación imposible. No me quedaba otra opción más que intentarlo y así evitar caer en la locura o ver cómo se consumía por completo mi mente. La terrible situación en la que estaba me obligaba al menos a intentar dividirme en blancas y negras para no ser destruido por el terrible vacío que me rodeaba.

El doctor B. se reclinó en su silla y cerró los ojos por un minuto. Parecía que intentaba reprimir a la fuerza un recuerdo perturbador.

Una vez más, apareció el pequeño y extraño tic nervioso que no podía controlar; esta vez, en la comisura izquierda de la boca. Luego, se incorporó un poco en la silla.

—Bueno, espero que, hasta aquí, todo esté más o menos claro. Me temo que no estoy seguro de poder contarle con claridad lo que sucedió luego. Dado que esta nueva ocupación ejercía una extraordinaria presión sobre mi cerebro, me resultaba imposible tener al mismo tiempo algún tipo de autocontrol. Ya le conté que para mí jugar ajedrez contra uno mismo es esencialmente absurdo, pero incluso ese absurdo puede ser mínimamente posible con un tablero de ajedrez enfrente, ya que la presencia del tablero permite en cierta forma que la persona se distancie de sí misma, que ocupe un espacio material diferente. En presencia de un tablero de ajedrez con piezas de verdad, uno puede hacer pausas para pensar y cambiar de un lado al otro de la mesa en términos puramente físicos, para percibir la situación desde el lugar de las negras y luego del lugar de las blancas. Sin embargo, al verme obligado a proyectar estas batallas contra mí mismo —o, si le parece, conmigo mismo— en un espacio imaginario, debía visualizar con claridad la posición de las piezas en las sesenta y cuatro casillas y calcular tanto el estado actual del juego como los posibles movimientos posteriores de cada lado; a la vez –soy consciente de lo ridículo que suena todo esto–, debía imaginar cuatro o cinco movimientos por adelantado para cada uno de mis yo, calculando qué ocurriría en cada caso dos o tres veces; no: seis, ocho, doce veces. En ese juego en el espacio abstracto de mi mente, me veía obligado –disculpe mi descaro al pedirle que siga estos pensamientos dementes– a pensar cuatro o cinco movimientos por adelantado como el jugador de las blancas y lo mismo como el jugador de las negras, combinando de antemano todas las situaciones que podían surgir a medida que se desarrollaba la partida, y debía hacerlo, por así decirlo, con dos cerebros, el cerebro de las blancas y el cerebro de las negras. De todos modos, esta división de mi conciencia no era lo más peligroso de mi oscuro experimento; lo más peligroso era el hecho de que, al pensar las partidas por separado, de pronto me sentía perdido y caía en un abismo. Después de todo, repetir las partidas de campeonato, tal como lo había hecho las semanas anteriores, no era más que una reproducción, una recreación del material existente y, como tal, no representaba un mayor esfuerzo que aprender de memoria un poema o algunos párrafos legales. Era una actividad limitada y disciplinada, y un excelente ejercicio mental. Las dos partidas de la mañana y las dos de la tarde eran una cuota que podía cubrir sin pasarme de revoluciones; sustituían una actividad normal. En todo caso, si me equivocaba en el curso de una partida o no estaba seguro de cómo seguir, siempre podía recurrir al libro. Esa era la razón por la que dicha actividad había sido tan sana, algo relajante para mis nervios destrozados, porque jugar partidas de otras personas no me involucraba a nivel personal: me daba igual si ganaban las blancas o las negras, dado que en realidad eran Alekhine o Bogoljubov quienes jugaban para ganar el campeonato, y yo, mi mente y mi alma disfrutábamos de las partidas como espectadores, apreciando los cambios de suerte y aspectos fortuitos. Pero al intentar jugar contra mí mismo inconscientemente comencé a generarme un desafío. Cada uno de mis yo, el jugador de las negras y el jugador de las blancas, tenía que competir con el otro y cada uno sentía una impaciente ambición por triunfar, por ganar. Como el jugador de las negras, después de cada movimiento sentía una ansiedad febril por ver qué haría a continuación mi otro yo, el jugador de las blancas. Cada uno de mis yo se sentía triunfante cuando el otro cometía un error y, al mismo tiempo, se enojaba consigo mismo por el propio descuido.

»Todo esto parece un sinsentido; de hecho, semejante esquizofrenia artificial, semejante división de la conciencia, con esa peligrosa dosis de emoción, sería impensable para un ser humano normal en un contexto normal. Pero no olvidemos que yo había sido separado a la fuerza de toda normalidad, estaba preso, era inocente pero estaba encarcelado, estaba atormentado sutilmente por el confinamiento solitario por varios meses; era un hombre que llevaba mucho tiempo deseando descargar su furia reprimida. Como no tenía nada excepto ese absurdo juego contra mí mismo, descargué frenéticamente mi furia y mis deseos de venganza en el juego en sí. Algo en mí quería tener razón, y solo tenía a ese otro yo dentro de mí para oponerse. Por eso, durante las partidas me alteraba hasta casi perder el control. Al principio reflexionaba con calma y sobriedad, hacía pausas entre una partida y otra, así podía reponerme del esfuerzo; pero de a poco mis nervios exacerbados ya no me dejaron esperar. Apenas mi yo de las blancas hacía un movimiento, mi yo de las negras avanzaba febrilmente; en cuanto terminaba la partida, pedía revancha, ya que uno de mis yo ajedrecistas siempre era derrotado y quería vengarse. Nunca podré calcular, ni siquiera un aproximado, cuántas partidas jugué contra mí mismo durante esos últimos meses de encierro, como resultado de esa locura insaciable: tal vez mil, tal vez más. No podía escapar de esa obsesión; desde la mañana hasta la noche, no hacía otra cosa más que pensar en alfiles y peones, torres y reyes, a y b y c, jaque mate y enroque. Todo mi ser y mis sentimientos me llevaban al tablero. El gusto por jugar se convirtió en lujuria; esa lujuria por jugar se convirtió en una compulsión, una manía, un frenesí, que no solo se apoderó de mis horas de vigilia sino que también invadió mis sueños. No podía pensar en otra cosa que no fuera el ajedrez; pensaba solo en movimientos y en problemas de ajedrez. A veces, me despertaba transpirado y me daba cuenta de que inconscientemente seguía jugando mientras dormía; y cuando soñaba con personas, lo hacía solo en términos de los movimientos del alfil, la torre, el avance y retroceso del caballo. Incluso cuando me llevaban a los interrogatorios, ya no podía pensar ni por un segundo en mis responsabilidades. Estoy seguro de que durante los últimos interrogatorios me expresé de manera un tanto confusa, porque de vez en cuando mis inquisidores me miraban de forma extraña. Cada vez que se hacían preguntas y se consultaban entre ellos, yo solo esperaba, en una pasión desastrosa, que me llevaran de vuelta a mi celda para seguir con mis partidas, con mi locura de jugar otra partida y luego otra y otra. Cada interrupción me molestaba; incluso los quince minutos que tardaba el guardia en limpiar mi celda y los dos minutos cuando traía la comida atormentaban mi impaciencia febril. A veces llegaba la tarde y mi plato de comida seguía allí, intacto; había olvidado comer por jugar ajedrez. El único síntoma físico que sentía era una sed terrible; sería la fiebre de mi constante pensar y jugar. Vaciaba la botella de agua en dos tragos y fastidiaba al guardia pidiéndole más, e incluso así enseguida sentía la boca seca de nuevo. Al final, mi entusiasmo mientras jugaba –lo único que hacía durante todo el día– era tal que no podía mantenerme quieto ni por un segundo: me la pasaba caminando de un lado a otro mientras pensaba en las partidas, caminaba más y más y más rápido, más y más acalorado a medida que se acercaba el final de la partida; mi afán por ganar, por triunfar, por derrotar a mi otro yo se transformó gradualmente en una especie de ira, y temblaba de impaciencia, porque siempre uno de mis yo era demasiado lento para el otro. Uno urgía al otro; aunque le suene ridículo, cuando uno de mis yo no contrarrestaba el movimiento del otro lo suficientemente rápido, comenzaba a decirme a mí mismo: "¡Más rápido, más rápido!" o "¡Vamos, vamos!". Por supuesto, ahora me doy cuenta de que mi condición en ese momento era una patología de sobreestimulación mental, para la que no puedo encontrar un nombre, excepto uno hasta ahora desconocido por la medicina: "intoxicación por ajedrez". Finalmente, esa obsesión monomaníaca comenzó a atacar, además de mi cerebro, mi cuerpo. Perdí peso; dormía poco y nervioso; cuando me despertaba, me costaba muchísimo abrir los ojos; a veces me sentía tan débil que al tomar un vaso para beber agua me resultaba difícil llevarlo a la boca por lo que me temblaban las manos. Sin embargo, apenas comenzaba una partida, me invadía una fuerza salvaje; caminaba de aquí para allá con los puños cerrados y, a veces, como a través de una neblina de ira, oía mi propia voz ronca gritando con maldad "¡Jaque!" o "¡Mate!".

»Ni siquiera yo puedo explicar de qué manera esa situación terrible e indescriptible llegó a un momento de crisis. Todo lo que sé es que desperté una mañana y fue un despertar distinto al habitual. Sentí como si mi cuerpo se hubiese separado de mí; descansaba callada y cómodamente. Sentía sobre mis párpados un cansancio intenso y beneficioso como el que no había experimentado en meses, tan cálido y reparador que al principio no me decidía a abrir los ojos. Ya despierto, me quedé tendido unos minutos disfrutando de esa intensa apatía, recostado allí somnoliento, con mis sentidos en un placentero estado de letargo. De pronto creí oír voces a lo lejos, voces humanas, vivas, pronunciando palabras. Usted no puede imaginarse mi alegría, ya que por meses, por casi un año, las únicas palabras que había oído habían sido los duros, filosos y maliciosos comentarios de mis interrogadores. Me dije: "Estás soñando, estás soñando. ¡Hagas lo que hagas, no abras los ojos! Sigue soñando o te encontrarás de nuevo con tu maldita celda, la silla, el lavatorio, la mesa y el papel tapiz con el mismo diseño de siempre. Estás soñando, ¡sigue soñando!".

»Pero me ganó la curiosidad. Despacio y con cautela, abrí los ojos. Y… ¡oh sorpresa!: estaba en otra habitación, una más grande y espaciosa que la celda del hotel. Una ventana sin barrotes dejaba entrar la luz del Sol, y podía ver árboles, árboles verdes que se mecían con el viento, en lugar del rígido muro ignífugo. Las paredes en ese lugar brillaban, blancas y lisas; el techo era blanco y alto. ¡Era verdad! Estaba acostado en otra cama, una cama que no conocía, y oía cerca de mí voces humanas que susurraban. ¡No era un sueño! Debo haberme sobresaltado instintivamente cuando oí que alguien se acercaba. Con mucha elegancia, se me acercó una mujer con cofia blanca: una enfermera. Un escalofrío de alegría recorrió mi cuerpo; llevaba un año sin ver a una mujer. Me quedé mirando su hermosa figura… Debe haber sido una mirada salvaje, extática, porque mientras ella se acercaba me dijo con suavidad pero con firmeza: "¡Cálmese! ¡Quédese tranquilo!". Simplemente oí su voz. ¿Acaso no se trataba de la voz de un ser humano? Es más –¡milagro inesperado!–, de un ser humano que hablaba con una suave, cálida y casi tierna voz de mujer. Miré con avidez sus labios, porque en ese año infernal llegué a creer muy poco probable que un ser humano pudiera hablarle amablemente a otro. Ella me sonrió. Sí, sonrió; aún había personas capaces de sonreír. Luego, haciendo un gesto de silencio, me recomendó que no hablara y se alejó tranquilamente. Pero no pude obedecer. Aún tenía mucho por ver de ese milagro. Traté de incorporarme en la cama para ver cómo se alejaba ella, para observar el milagro de un ser humano amable a medida que se alejaba. Sin embargo, al intentar acomodarme en el borde de la cama, me di cuenta de que no podía hacerlo. Allí donde solían estar mi mano derecha, mi muñeca y mis dedos sentí algo extraño: un montón de tela blanca, grande y gruesa, obviamente un vendaje extenso. Al principio, miré desconcertado esa cosa blanca, gruesa y extraña en mi mano. Luego, de a poco, comencé a entender dónde estaba y a preguntarme qué me había pasado. Seguramente alguien me había herido, o quizá yo mismo me había lastimado la mano. Estaba en un hospital.

»Al mediodía, vino a verme el médico, un hombre agradable y de edad avanzada. Sabía mi apellido y mencionó con mucho respeto a mi tío, el médico del Emperador, por lo que enseguida sentí que estaba bien dispuesto a tratar conmigo. Durante la charla, me hizo todo tipo de preguntas, pero hubo una en particular que me sorprendió: me preguntó si yo era matemático o químico. Contesté que no. "Qué extraño —murmuró—. En sus delirios, gritaba fórmulas muy extrañas: c3, c4. Ninguno de nosotros entendía a qué se refería". Le pregunte qué me había sucedido y, con una extraña sonrisa, me respondió: "Nada grave. Una irritación aguda de los nervios", y agregó en voz baja, no sin antes mirar cautelosamente a su alrededor: "Es lógico, después de todo lo que le ocurrió. Ha estado aquí desde el 13 de marzo, ¿cierto?". Asentí con la cabeza. "No me sorprende, con esos métodos que tienen –murmuró–. No es el primero. Pero no se preocupe". Por la forma en que murmuró, tratando de tranquilizarme, y la expresión en su rostro, supe que estaba en buenas manos.

»Después de dos días, el gentil médico me contó francamente lo que había sucedido. El guardia me había escuchado gritando en la celda y al principio pensó que alguien había entrado y que estábamos discutiendo. Pero apenas entró en la habitación, me abalancé sobre él gritando disparates como "¿Vas a hacer tu movimiento, sinvergüenza, cobarde?". Había intentado tomar al guardia por el cuello; lo golpeé tan frenéticamente que al final tuvo que pedir ayuda. Mientras me sacaban a la rastra en mi estado rabioso, logré soltarme, corrí hacia una ventana en el pasillo y rompí el vidrio; así me corté la mano. Aún tengo la cicatriz aquí. Había pasado las primeras noches de internación en una especie de estado febril, pero el médico creía que ya había recuperado mis sentidos a la perfección. "Para estar seguros –murmuró–, no les voy a informar de su mejoría a esos señores, o lo volverán a encerrar. Confíe en mí. Haré todo lo que esté a mi alcance".

»No tengo la menor idea de qué les dijo el buen doctor a mis torturadores, pero por lo menos logró lo que se había propuesto: mi liberación. Tal vez dijo que yo no era responsable de mis actos, o quizá para ese entonces la Gestapo ya había perdido el interés en mí, dado que Hitler había ocupado Bohemia, con lo cual, para él, el "caso Austria" ya estaba cerrado. Solo debía firmar un acuerdo que me obligaba a abandonar, en un plazo de dos semanas, nuestra madre patria para no volver jamás; y en esas dos semanas estuve tan ocupado con los miles de trámites necesarios para viajar –documentos militares y de la policía, certificados de impuestos, pasaporte, visa, certificado de salud–, que no tuve tiempo para pensar en lo que había pasado. Pareciera que poderes misteriosos trabajan para regular nuestro cerebro, al desactivar automáticamente lo que puede agobiar y poner en riesgo nuestra integridad mental, porque cada vez que intenté recordar mis días en esa celda, se apagó la luz en mi cabeza, por así decirlo; recién varias semanas después, de hecho solo aquí en este buque, he logrado encontrar el valor para recordar lo que me sucedió de nuevo.

»Y ahora comprenderá el porqué de mi comportamiento inapropiado y desconcertante frente a sus amigos. Estaba pasando por el salón para fumadores cuando los vi sentados frente a un tablero de ajedrez y me quedé paralizado de miedo y sorpresa. Porque había olvidado por completo que se puede jugar ajedrez con un tablero real y piezas reales; había olvidado que durante una partida dos personas completamente distintas se sientan frente a frente. De hecho, me llevó unos minutos darme cuenta de que esos jugadores estaban básicamente jugando el mismo juego que yo, en mi desesperación, había intentado jugar contra mí mismo durante meses. Los números y símbolos que había usado para ayudarme en mis ejercicios mentales sombríos habían sido solo un sustituto para esas piezas de ajedrez. Mi sorpresa al ver que los movimientos de las piezas eran iguales a los movimientos imaginarios en mi mente quizá pueda compararse con la sorpresa de un astrónomo que ha utilizado complicados métodos para calcular en papel la existencia de un nuevo planeta y luego, por fin, divisa en efecto ese astro blanco y luminoso en el cielo. Atraído como por magnetismo, miré fijamente el tablero y vi mis jugadas –el caballo, la torre, el rey, la dama y los peones– con figuras reales talladas en madera. Para entender cómo iba esa partida, primero tuve que transformar automáticamente las figuras de mi mundo abstracto en piezas de ajedrez movibles. Poco a poco, me invadió la curiosidad por observar una partida real entre dos jugadores. Entonces, llegó el vergonzoso momento en que, dejando de lado los buenos modales, intervine en su partida. El movimiento equivocado de su compañero fue como un puñal en mi corazón. Fue un impulso puramente instintivo detener a su amigo, tal como ocurre cuando uno agarra a un niño que se asoma por una baranda sin siquiera pensarlo. Fue solo más tarde que me di cuenta de lo inapropiado de mis acciones.

Enseguida le aseguré al doctor B. que para todos nosotros había sido un placer conocerlo en ese incidente y le dije que, después de todo lo que me había contado, estaba entonces doblemente interesado en verlo jugar en el improvisado encuentro del día siguiente. El doctor B. hizo un gesto de incomodidad.

—No, ustedes no deberían tener grandes expectativas. Va a ser solo una especie de prueba para mí... una prueba para ver si... si soy capaz de jugar una partida normal de ajedrez, una partida en un tablero real, con piezas de verdad y un contrincante vivo... ya que no estoy seguro de que esos cientos, quizá miles de partidas que jugué en mi mente hayan sido partidas de ajedrez genuinas y no una especie de ajedrez soñado, de ajedrez delirante, de partidas jugadas en un estado febril, con algunas lagunas mentales como sucede en los sueños. Espero que no tengan grandes expectativas de que realmente logre algo en una partida contra un campeón, de hecho, el campeón mundial. Lo que me interesa e intriga es solo curiosidad en retrospectiva por saber si realmente estaba jugando ajedrez en mi celda o si fue un mero delirio, si estaba al borde de un peligroso precipicio o ya había caído. Eso es todo. No más que eso.

En ese momento, sonó el *gong* que marcaba la hora de la cena en el buque. Debemos haber hablado cerca de dos horas. El doctor B. me contó su historia con mucho más detalle de lo que describo aquí. Le agradecí de todo corazón y me retiré. No me había alejado mucho cuando él se me acercó y me dijo, con evidente nerviosismo, incluso tartamudeando un poco: "¡Una cosa más! Para no parecer descortés llegado el momento, ¿podría usted adelantarles a los caballeros que jugaré solamente una partida? Será el punto final a una vieja cuenta pendiente, un último adiós, no un nuevo comienzo. No quisiera volver a caer en esa pasión frenética del ajedrez. Ahora, solo puedo recordarlo con horror y, además… además, el médico me lo advirtió, me lo advirtió expresamente. Un hombre que ya ha sido víctima de una manía siempre está en riesgo y, puntualmente en el caso de la intoxicación por ajedrez, aún si uno se ha curado, es mejor no volver a acercarse a un tablero de ajedrez. Entonces, espero que sepan entender… Solo esta partida, una prueba para mí. ¡La última!".

Al día siguiente, nos reunimos en el salón para fumadores a la hora acordada, las tres en punto. Nuestro grupo tenía dos nuevos integrantes, aficionados al juego real, dos oficiales de a bordo que habían pedido un permiso especial para poder presenciar el encuentro. Czentovic también fue puntual; no nos dejó esperando como el día anterior. Luego del típico sorteo por el color, comenzó la extraordinaria partida entre ese hombre desconocido y el famoso campeón mundial. Lamento que solo nosotros, unos espectadores aficionados, fuéramos los únicos testigos y que se haya perdido todo registro de dicha partida en los anales del arte del ajedrez, tal como la música ha perdido las improvisaciones de Beethoven en el piano. Los días que siguieron, intentamos reconstruir la partida de memoria, pero sin éxito; durante la partida, seguramente todos hayamos prestado más atención a los jugadores que al desarrollo del juego. Porque se hizo cada vez más y más evidente el contraste intelectual en el comportamiento de cada uno de ellos. Czentovic, el jugador experimentado, se mantuvo inmóvil como una roca durante toda la partida, con los ojos rígidos y fijos en el tablero. Para él, la reflexión parecía constituir un esfuerzo físico, que requería la máxima concentración posible de cada parte de su cuerpo. El doctor B., en cambio, se veía relajado y se movía con soltura. Como un verdadero aficionado, en el mejor sentido de la palabra, para quien el juego mismo constituye el deleite, el placer, estaba completamente relajado. Hablaba con nosotros en las primeras pausas para explicarnos algunas jugadas, encendía sus cigarrillos con soltura y, cuando llegaba su turno de mover una pieza, solo miraba fijo el tablero por un minuto. Siempre parecía que sabía de antemano el movimiento que haría su oponente.

Las tradicionales aperturas se sucedieron con bastante rapidez. Recién a partir del séptimo u octavo movimiento algo similar a un plan definitivo comenzó a emerger. Czentovic se tomaba más tiempo para pensar cada movimiento, por lo que nos pareció que la verdadera batalla por lograr una ventaja estaba por empezar. Para ser completamente sincero, para nosotros, meros aficionados, el desarrollo gradual de la situación nos resultó un poco decepcionante, como sucede en una partida real de campeonato. Porque cuanto más se entremezclaban las piezas formando un diseño intrincado y extraño, más difícil nos resultaba entender el verdadero estado de la situación. No podíamos descifrar qué tenía en mente ninguno de los oponentes, ni cuál de los dos realmente estaba en ventaja. Solo notábamos piezas individuales que se usaban como palancas para abrir caminos en la defensa enemiga; pero no podíamos ver las intenciones estratégicas en todo ese ir y venir, ya que con estos jugadores de primera clase, cada movimiento siempre estaba combinado con varios movimientos por adelantado. A todo ello se sumaba un paulatino cansancio paralizante, sobre todo por las interminables pausas que Czentovic hacía para pensar, que también comenzaban a irritar a nuestro compañero. Noté, con leve preocupación, que a medida que la partida avanzaba, el doctor B. comenzaba a moverse más inquieto en su silla; además, encendía con nerviosismo un cigarrillo tras otro y tomaba un lápiz para anotar cosas. Luego pidió otra vez agua mineral, y bebía ávidamente vaso tras vaso. Era evidente que podía combinar jugadas cien veces más rápido que Czentovic. Cada vez que, luego de pausas eternas, Czentovic decidía mover una pieza con su pesada mano, nuestro compañero solo sonreía como quien ve que está sucediendo algo que ha estado esperando hace rato y retrucaba casi de inmediato. Con su rapidez mental, seguramente había descubierto de antemano todas las combinaciones posibles para su oponente; por lo tanto, cuanto más demoraba Czentovic en decidirse, más impaciente se ponía el doctor B.; en la espera, se le dibujaba una expresión de disgusto casi hostil en los labios. Pero nada hacía que Czentovic hiciera sus jugadas más rápido. Él pensaba mucho y en silencio, y se tomaba más y más tiempo a medida que quedaban menos piezas en el tablero. En el movimiento cuarenta y dos, y después de dos horas y cuarenta y cinco minutos de juego, todos estábamos sentados alrededor de la mesa del tablero con poca energía, casi indiferentes. Uno de los oficiales de a bordo ya se había retirado; el otro estaba leyendo un libro y solo levantaba la vista por un minuto cuando había algún cambio en el tablero. Pero de pronto, a partir de un movimiento de Czentovic, sucedió algo inesperado. Apenas vio que este se preparaba para mover el caballo hacia adelante, el doctor B. se agazapó como un gato a punto de abalanzarse. Todo su cuerpo comenzó a temblar y, en cuanto Czentovic movió el caballo, el doctor B. movió su dama y dijo, con voz fuerte y triunfante: "¡Eso! ¡Lo logré!". Se reclinó en la silla, cruzó los brazos sobre el pecho y miró desafiante a Czentovic. De pronto, una luz feroz comenzó a brillar en sus pupilas.

Sin pensarlo, nos inclinamos sobre el tablero, tratando de entender el anunciado movimiento triunfal. A primera vista, no había ninguna obvia amenaza directa. Entonces, el comentario de nuestro compañero debía referirse a una situación que nosotros los aficionados, con nuestro limitado poder de deducción, aún no podíamos descifrar. Czentovic era el único entre nosotros que no había reaccionado ante el comentario desafiante; estaba sentado, imperturbable, como si no hubiese oído en absoluto el ofensivo "¡Lo logré!". No pasó nada. Mientras todos conteníamos instintivamente la respiración, se pudo oír de pronto el tictac del reloj que habíamos puesto sobre la mesa para tomar el tiempo de cada jugada. Pasaron tres minutos, siete minutos, ocho minutos. Czentovic no se movía, pero yo sentía que sus anchas fosas nasales estaban más dilatadas que antes por algún esfuerzo interno. Nuestro compañero parecía encontrar esta espera silenciosa tan intolerable como nosotros. De repente, se levantó y comenzó a caminar de un lado a otro por el salón para fumadores, al principio con cierta lentitud pero luego cada vez más rápido. Todos lo observaban un poco desconcertados; nadie con más ansiedad que yo, porque descubrí que, a pesar de la intensidad de su andar, todos los pasos que daba estaban dentro del mismo espacio, como si él se topara con un armario invisible en el medio del vacío y eso lo obligara a dar la vuelta. Con escalofríos, me di cuenta de que ese ir y venir reproducía inconscientemente las dimensiones de su celda; los meses que pasó encerrado debió haber caminado de esa misma forma de un lado a otro como un animal en una jaula, debió haber apretado las manos justo así, debió haberse movido de un lado a otro de la celda miles de veces exactamente así, con un destello de locura en su mirada fija pero febril. Sin embargo, sus capacidades mentales todavía parecían intactas, ya que cada tanto se daba vuelta para ver, impaciente, si Czentovic ya había tomado una decisión. Pero la espera se extendió a nueve y luego a diez minutos. Entonces, al fin, sucedió algo que ninguno de nosotros esperaba. Despacio, Czentovic levantó su pesada mano, que hasta el momento había estado inmóvil sobre la mesa. Todos esperamos en suspenso su decisión, pero no hizo ningún movimiento. En cambio, lenta pero decididamente, retiró todas las piezas del tablero con el revés de su mano. No fue hasta ese momento que logramos entender: Czentovic había abandonado el juego. Había renunciado para evitar que presenciáramos su derrota. Había sucedido lo improbable: el campeón mundial, el gran maestro que había ganado innumerables campeonatos, había sido derrotado tácitamente por un desconocido, un hombre que no había tocado un tablero de ajedrez en veinte o veinticinco años. ¡Nuestro compañero, desconocido y misterioso, había derrotado al mejor ajedrecista del mundo en una batalla justa!

Sin darnos cuenta, uno a uno nos fuimos poniendo de pie. Todos sentíamos que teníamos que decir o hacer algo para expresar nuestro asombro y regocijo. El único hombre que seguía inmóvil era Czentovic. Solo después de una pausa medida levantó la cabeza y miró con frialdad a nuestro compañero.

—¿Otra partida? —preguntó.

—Por supuesto —respondió el doctor B., con un entusiasmo que no me gustó; y antes de que pudiera recordarle su decisión de jugar una única partida, él ya se había sentado y había comenzado a acomodar, ansioso, las piezas. Las acomodó tan rápido que un peón se le resbaló de sus temblorosas manos dos veces y cayó al suelo; el doloroso malestar que yo había comenzado a sentir a causa de su entusiasmo antinatural se transformó en una clase de miedo.

Un evidente estado de ánimo eufórico se había apoderado del hombre antes calmo y tranquilo; el tic alrededor de su boca aparecía con más y más frecuencia, y su cuerpo temblaba como perturbado por una fiebre repentina.

—¡No! —le susurré en voz baja al oído—. ¡Ahora no! ¡Ha sido suficiente para un día! Es demasiado esfuerzo para usted.

—¿Esfuerzo? ¡Ja! —rio con fuerza, sin ninguna cordialidad—. Podría haber jugado diecisiete partidas en este rato en lugar de perder el tiempo. ¡Mi única preocupación es no quedarme dormido jugando a este ritmo! ¡Listo! ¡Usted empieza!

Esas últimas palabras estaban dirigidas a Czentovic, en un tono enérgico, casi violento. Czentovic lo miró: una mirada tranquila y controlada, aunque fija y fría, incluso algo violenta. De pronto, había algo nuevo entre los dos jugadores: una tensión peligrosa, un odio apasionado. Ya no eran dos compañeros que querían probar cuál era mejor en el juego, sino dos enemigos que habían jurado destruirse el uno al otro. Czentovic dudó por un largo rato antes de realizar el primer movimiento, y me dio la sensación de que obviamente lo hacía a propósito. Como estratega experto, se había dado cuenta de que su lentitud para jugar desgastaba e irritaba a su oponente. Es por eso que tardó no menos de cuatro minutos en realizar la más sencilla y normal de las aperturas: mover el peón del rey las típicas dos casillas. De inmediato, nuestro compañero contrarrestó con su peón del rey, pero, una vez más, Czentovic realizó una pausa eterna y casi intolerable, como la espera, con el corazón dando fuertes latidos, de ese trueno que no llega y no llega después de ver un relámpago brillante. Czentovic no se movió. Pensó con tranquilidad, despacio, lo cual me convenció aun más de que lo hacía a propósito. Eso me dio mucho más tiempo para observar al doctor B. Este ya se había tomado tres vasos de agua; involuntariamente, recordé lo que me había contado sobre la intensa sed que sentía en su celda. Presentaba todos los signos de sobrexcitación; tenía sudor en la frente y la cicatriz de su mano se volvía gradualmente más roja y más visible. Pero todavía estaba bajo control. Recién cuando Czentovic se demoró infinitamente una vez más en el cuarto movimiento, el doctor B. perdió la compostura y de repente le gritó:

—¡Vamos! ¡Mueva ya! ¿O no puede?

Czentovic levantó la mirada con calma.

—Hasta donde sé, habíamos acordado diez minutos entre una jugada y otra. Por principios, no juego con menos tiempo.

El doctor B. se mordió el labio; noté cómo la suela de su zapato se movía inquieta, cada vez más inquieta, de un lado a otro debajo de la mesa, y me estaba poniendo más y más nervioso por el mal presentimiento de que algo más allá de la razón se estaba gestando en su cabeza. De hecho, hubo un segundo incidente en el octavo movimiento. El doctor B., que había estado esperando cada vez con menos compostura, ya no pudo aguantar más la presión y comenzó a mecerse y a repiquetear involuntariamente los dedos sobre la mesa. Una vez más, Czentovic levantó su rústica y pesada cabeza.

—¿Puedo pedirle que deje de repiquetear sus dedos sobre la mesa? Me molesta. No puedo jugar así.

—¡Ja! —ladró el doctor B., riendo—. Se nota.

La frente de Czentovic se enrojeció.

—¿Qué quiere decir? —preguntó bruscamente en un tono para nada agradable.

El doctor B. rio de nuevo con malicia.

—Nada. Solo que obviamente usted está muy nervioso.

Czentovic no emitió sonido y bajó la mirada. Pasaron siete minutos hasta que hizo el siguiente movimiento, y así continuó la partida, a un paso mortalmente tedioso. Parecía que

Czentovic se estaba convirtiendo en piedra; al final, se tomaba el tiempo máximo acordado para pensar antes de decidir el movimiento que haría y, de un intervalo a otro, el comportamiento de nuestro compañero se volvía cada vez más bizarro. Parecía haber perdido el interés en la partida y estar pensando en otra cosa totalmente distinta. Dejó de moverse de un lado a otro y se sentó, inmóvil, en su lugar. Con la mirada fija y perdida, casi enajenada, se murmuraba a sí mismo acotaciones incomprensibles; o bien se había perdido en combinaciones infinitas, o bien –y esto era lo que yo sospechaba– estaba imaginando partidas completamente diferentes, dado que cada vez que Czentovic al fin realizaba su jugada había que recordarle al doctor B. que volviera a la realidad. Entonces, le llevaba varios minutos ubicarse en la situación. Yo comenzaba a sospechar más que nunca que, en realidad, hacía rato que se había olvidado de Czentovic y de todos nosotros, y estaba inmerso en una fría locura que podría devenir en violencia en cualquier momento. Y, por supuesto, llegó la crisis en el movimiento diecinueve. Czentovic apenas había hecho su movimiento cuando, de repente, el doctor B. movió su alfil tres casillas hacia adelante y gritó, tan alto que todos nos sobresaltamos:

—¡Jaque! ¡Su rey está en jaque!

Todos miramos de inmediato el tablero, esperando ver una jugada excepcional. Pero, al cabo de un minuto, sucedió algo que ninguno de nosotros esperaba. Czentovic levantó la cabeza muy, pero muy lentamente y miró –como nunca había hecho hasta el momento– a cada uno de nosotros. Parecía que estaba disfrutando algo en gran manera, ya que de a poco comenzó a dibujarse en sus labios una sonrisa de satisfacción, claramente burlona. Recién cuando había disfrutado al máximo este triunfo –nosotros todavía no entendíamos nada–, giró y se dirigió a nosotros con irónica cortesía:

—Lo siento, pero no veo ningún jaque. ¿Alguno de ustedes, caballeros, cree que mi rey está en jaque?

Observamos el tablero y luego miramos preocupados al doctor B. La casilla donde se encontraba el rey de Czentovic estaba, de hecho, e incluso un niño podía verlo, protegida del alfil por un peón, por lo que ningún jaque era posible. Comenzamos a sentirnos incómodos. ¿Acaso nuestro compañero, en su apuro, había movido erróneamente, una casilla de más o de menos? Alarmado por nuestro silencio, el doctor B. miró fijo el tablero y comenzó a tartamudear acaloradamente:

—El rey debería estar en f7... Está en un lugar equivocado, muy equivocado. ¡Hizo el movimiento incorrecto! Nada está en su lugar en este tablero... El peón debería estar en g5, no en g4... Esta es una partida completamente distinta. Esta es... —Y se detuvo. Yo lo había sujetado con firmeza del brazo o, antes bien, lo había apretado con tanta fuerza que aun en su confusión febril lo sentiría. Se volteó y me miró como un sonámbulo—. ¿Qué... qué quiere?

—¡Recuerde! —Fue todo lo que dije, mientras recorría con mi dedo la cicatriz en su mano. Instintivamente, siguió el movimiento de mi dedo y sus ojos vidriosos se fijaron en esa línea roja. Luego comenzó a temblar de golpe y un escalofrío le recorrió todo el cuerpo.

—¡Por el amor de Dios! —susurró con los labios pálidos—. ¿Dije o hice algo absurdo? ¿Es posible que, después de todo, haya...?

—No —le susurré tranquilo—, pero debe terminar esta partida ya. Es hora. ¡Recuerde lo que le dijo el médico!

El doctor B. se puso de pie abruptamente.

—Les pido disculpas por mi estúpido error —dijo, con la voz cortés de antes, y se inclinó ante Czentovic—. Por supuesto, todo lo que dije son puros disparates. Naturalmente, la partida es suya. —Luego, se dirigió a nosotros—:

También debo pedirles disculpas a ustedes, caballeros. Les advertí que no esperasen mucho de mí. Sepan disculpar mi torpeza… Es la última vez que intento jugar una partida de ajedrez.

El doctor B. se inclinó y se marchó, en la misma forma inadvertida y misteriosa en que había aparecido la primera vez. Solo yo sabía por qué ese hombre nunca volvería a acercarse a un tablero de ajedrez, mientras que los demás quedaron algo confundidos, con la incierta sensación de tan solo haber evitado una situación incómoda y peligrosa.

—Maldito loco —gruñó decepcionado McConnor.

Finalmente, Czentovic se levantó de la silla y lanzó otra mirada a la partida inconclusa.

—Una pena —dijo magnánimamente—. No era para nada un mal ataque. Para ser un aficionado, ese caballero realmente tiene un talento extraordinario.

hasta su pensamiento político sobre la
coyuntura rusa.

Palabras nuevas, George Orwell

En este ensayo inédito de Orwell
aparece una novedosa teoría respecto
del lenguaje, encaramada con 1984: el
lenguaje tal como existe no sirve para
explicar ciertos fenómenos. La propuesta
de Orwell es radical: inventar un nuevo
lenguaje, palabras nuevas.

Teoría de la novela, György Lukács

A partir de la tragedia griega, y partiendo
de la fenomenología hegeliana, Lukács
despliega una teoría general de la novela,
para comprender todos sus elementos, en
relación con la épica.

*Ensayo sobre el origen de las lenguas,
Jean-Jacques Rousseau*

Texto póstumo de Rousseau, ensayo
breve en el que la historia de la música
y la historia de la lengua se van

desplegando en forma simultánea, a
través de la comparación.

*Ensayos sobre los griegos, de Friedrich
Nietzsche*

Puntal de la trayectoria filosófica de
Nietzsche, la cultura griega aparece
delimitada en estos cuatro ensayos poco
conocidos del pensador alemán. Incluye
prólogo de Gustavo Varela.

*El marxismo y la filosofía del
lenguaje, de Valentín Volóshinov*

Desde una perspectiva marxista y a
partir de sus conceptos fundamentales,
Volóshinov, discípulo de Bajtín, analiza
el lenguaje para explicar el fenómeno
de la lucha de clases. Incluye prólogo y
traducción directa del ruso de Tatiana
Bubnova.

Queremos hacer libros
cada vez mejores, para eso
necesitamos saber qué pensás.

Envianos un mail y contanos lo
que pensás sobre este libro
info@edicionesgodot.com.ar

O respondé una breve encuesta:
bitly.com/edgodot

Libro compuesto
en tipografía Stempel
Garamond 11/15 creada por
Claude Garamond en el Siglo
XVI en Francia, versión de la
fundición Stempel en 1924. Notas
al pie compuestas en Calibri
Regular de 10pt y títulos en
Helvetica Neue
en 22pt.

www.edicionesgodot.com.ar
info@edicionesgodot.com.ar
Facebook.com/EdicionesGodot
Twitter.com/EdicionesGodot
Instagram.com/EdicionesGodot